生活因阅读而精彩

天下美文
- 幸福卷 -

古保祥／著

愿你被世界幸福相待

中国华侨出版社

图书在版编目(CIP)数据

天下美文. 幸福卷：愿你被世界幸福相待 / 古保祥著.
—北京：中国华侨出版社, 2014.9 （2021.4重印）

ISBN 978-7-5113-4883-8

Ⅰ. ①天… Ⅱ. ①古… Ⅲ. ①散文集-中国-当代

Ⅳ. ①I267

中国版本图书馆 CIP 数据核字(2014)第209869 号

天下美文幸福卷：愿你被世界幸福相待

著　　者 / 古保祥

责任编辑 / 文　蕾

责任校对 / 孙　丽

经　　销 / 新华书店

开　　本 / 787 毫米×1092 毫米　1/16　印张/17　字数/ 213 千字

印　　刷 / 三河市嵩川印刷有限公司

版　　次 / 2014年11月第1版　2021年4月第2次印刷

书　　号 / ISBN 978-7-5113-4883-8

定　　价 / 48.00 元

中国华侨出版社　北京市朝阳区静安里 26 号通成达大厦 3 层　邮编：100028
法律顾问：陈鹰律师事务所

编辑部：(010)64443056　　64443979
发行部：(010)64443051　　传真：(010)64439708
网址：www.oveaschin.com

序

他是一个从小失去幸福的孩子，与年迈的祖母相依为命。

有一天，他的祖母突然对他说，我送给你一件礼物，叫作幸福储蓄罐，你每天将自己认为最幸福的事情记下来，写成纸条装进储蓄罐里，祖母说着便拿出一个奇形怪状的罐子来，它的外面糊了许多层的花纸，大概是祖母的手艺，他高兴得不得了，问祖母记录幸福的规则。

祖母笑着说，任何属于快乐的事情都叫作幸福，只要有什么事物引起了你的兴趣，能够为你一天的学习或者玩耍带来好运，你都可以将它们记下来，比如说，你捡到一枚玻璃球子，或者你叠了一只纸飞机，这些都可以。

他突然间明白了，那天晚上，他的储蓄罐里有了第一批珍品，他分别记录了自己今天遇到的一些小事情：今天祖母为自己准备了幸福储蓄罐，使自己找到了幸福的方向，这个应该当作第一，第二是什么呢，对了，隔壁的阿姨为我们送来了一篮子草莓，草莓香甜欲滴。

他养成了一个雷打不动的习惯，每天坚持写自己的幸福故事，祖母去世后，他悲痛万分，曾经想过要将幸福储蓄罐扔掉，但他最终放弃了自己的愚想，他坚持着做了下来，后来，一个罐子不够了，他便又买了一个罐子，一直到他60岁那年，他一共积攒了400个这样的储蓄罐。

其实，我们每个人都一只叫作幸福的储蓄罐，只是我们缺少的正是搜集幸福的眼光。我们的目光如炬，但看到的尽是痛苦、烦恼和创伤，因此，我们一辈子活在失利的阴影里，我们不是没有幸福，只是幸福一点点地从手中溜走了。也许，我们缺乏的正是这样一双手，能够网住幸福，而让所有的苦难从指间漏下。

第一辑
一朵花的幸福，不叫春天

第二辑
遇一场雨，逢一场爱，化一场斋

第三辑
借一段时光，去疼你

第四辑

有一种时光，我们会故意错过

第一辑

一朵花的幸福，不叫春天

太多了，却显得不金贵了，有些人专门爱侍弄花，花可以生财，可以生趣，妙笔生花。没有人在意那朵朵水花了，这世上早没了池塘，江河湖海的空间，也日益狭小，人类生存的环境仿佛大了，却感觉小得可怜。

人生最漂亮的花，叫水花

花有万千种，琳琅满目，如天上繁星，哪一朵都可以点燃内心深处的渴望，或者犹如一个路人，走了长长的路，刹那间，路边的一两朵不知名的花儿，荡漾了你的心扉，再多的钱财也不如一次制胜的鼓励。

但姥姥认为，人生最漂亮的花，却是水花。

水是人类的源头，所有的动物们，没有哪一天可以离得开水，但你却可以离开花儿，花最多是滋润性质的物品，却不是必修课程，水才是"语文、数学与外语"，不可选修。如果你哪一天失去了水的恩泽，恐怕你再大的本事，也犹如无本之木。

在水中洗澡，是最好的一种享受了。小时候，家贫，无他，只有一水池塘，跳下去，洗尽铅华。一个人砸进池塘里，溅起的水花，长而厚，阴阳怪气的你，从水中露出半个头，学狗刨，学鸡鸣，这便是另外一种全新的向往了。

一群嗷嗷待哺的孩子，围在一口锅旁，刀削面顶在头上，姥姥信誓旦旦地削自己的面，外面有枪炮声传来，孩子们早吓成了一坨泥。姥姥顾不了许多，"开弓没有回头箭"，再苦再累，也要将面下进锅里，好不容易讨来的面，一年了，再难也要为孩子们过一次圆满的春节。

锅里的水滚沸着，水花四溅，面砸进锅里，水被甩在外面，倘若你急不可耐，将手指伸进去想品尝，你一定会收获热水的无边"恩赐"，烫伤是在所难免的。小时候，没有少被这样的事故所困扰，但依然乐此不疲。水花无边无际，一支面砸进去，便是一个招手，一记响亮的重拳。

这样的水花，简直就是幸福的水花。不经历过那个复杂的年代，现在的年轻人不会相信穷苦交加的感觉，而唯有那一朵朵水花，长久地印在记忆最深处，就好像我们学会了哭与笑，风学会了咆哮，有些人总是在失望中长大。

一转眼，在光阴错过中，许多人与事成了过错。

生的对与错，入的是与非，失利与怅惘成了兄弟，仿佛这世间有想不完的事情，有扯不完的恩怨。

大街上，到处是花，春夏秋冬，没有哪个季节，没有花，花成了常态。

太多了，却显得不金贵了，有些人专门爱侍弄花，花可以生财，可以生趣，妙笔生花。

没有人在意那朵朵水花了，这世上早没了池塘，江河湖海的空间，也日益狭小，人类生存的环境仿佛大了，却感觉小得可怜。

路过某处荷塘，一个长得内秀的小孩子，在玩水漂。水花四溢，就好像我们丢失的笑容，"扑哧"一声，时光荏苒。

那个傍晚，我成了一个长不大的孩子，返老还童只是一瞬间的事情，顾不了许多了，没有领导在场，没有其他人的作祟，当一回孩子又如何，砸一万朵水花送给自己，送给孩子又如何？

石子砸在水中，人落在河里，烟火飞向空中，地球扔进宇宙里，其实，一个道理。

每个人，都可以养风

一只羊在风中跑，一个人在风中追，一群雾肆虐地追赶，雾跑得比人与羊快，没有多大工夫，雾锁重楼，羊没了，人消了，唯有叫喊声此起彼伏。

小时候的雾也非常大，但在雾中，照样有为了生计的人狂奔。最可笑的事情，便是在雾中骑自行车，看不清路，可能会被摔得鼻青脸肿的，但没有关系，那时的路没有柏油，全是泥，泥软和，有弹性，像沙发垫，摔不坏人。

现在的雾也依然磅礴，但总是感觉不舒服。得了感冒的人，一定要远离雾霾，那儿的空气太脏了，会让你所有的器官进入衰退倒计时。

人可以将雾打败，但人却不可以将风击倒。

这世上有不好的人，有不好的霾，但没有不好的风。风洁净，虽然狂，像某个书生，风可以将你刮倒，可以风卷残云，但每一片风都有用，有些是送给雨的礼物，有些是送给地球的盛宴。

风太大了也不好，就好像利益太多了，人的神经与细胞就会出现泛滥，人性贪婪的最高级别不在没钱时，而是钱太多时，所以说，适可而止的风，是人类的共同追求。

风太小了，就是微风，微是小，小的风，可爱至极，风气好。

风是用来享受的，不是用来浪费的。

遇到一位老人，竟然想养风，可笑至极，但他却照做了。

他说风太脏了，风与空气本身就是一对孪生兄弟，养风，就是培养一份份新鲜的空气。

用一个瓶子，灌进去干净新鲜的风，拧紧瓶盖，然后运到北国，于某个场所，悄然打开，将鼻子摁在瓶盖上，不让它有丝毫的浪费，你闻到了南国的花香，海的嘲笑，童年忽而急至。

这世上没有几个人有养风的心情，风是巨大的概念，没有钱可以赚，与利益无瓜田李下之嫌，因此，将风抽进屋里，好好地存起来的人，的确是凤毛麟角。

我佩服那个养风的老人，他是在养一段与爱有关的时间空间，这也是一种与众不同的爱。

养风，其实是养一种爽朗的心情，一种见了困难，就想笑的感馈，一种在风中摔倒了，依然爬起来的铁骨铮铮。

可惜的是，没有人可以留住风，风有脚，风是时间，风驰电掣是它的特性。

找某个不知名的场所，周围没有水泥钢筋，风要足，打开窗子，邀请风进来，然后锁紧了门闩，拒绝所有的人越俎代庖，调皮的月亮也不是俺的粉丝，只留下风，像个孩子似的保养它，捉住它，扣留它一辈子光阴。

一朵花的幸福，不叫春天

他终于设计好了整个爱情故事，这一切，目标直指向她，而他呢，只不过是为了让自己获得另外一份看起来表现光鲜的爱情。

他与她，两小无猜地走过来的，她一直担当着贤内助的角色，而他呢，是企业的高管，雷厉风行，每天迎来送往，美女如云，一来二去的，男人的心难免臣服于另外一朵花朵之下。

他想离婚，但一直没有合适的借口，但那边的她，每天将他的电话打爆，并且按图索骥般地准备袭击他们的爱巢，他心有余悸，一直想着以一个合适的理由结束现有的爱情生涯。

但她太完美了，牺牲了自己的文学爱好，每天相夫教子，家中，她收拾得一尘不染，将他的胃收拾得健健康康，原来的胃病也远去了。她每天都会费好长的时间准备饭菜，蒜要一瓣瓣剥去，菜要一根根清洗，水果也要浸泡好长时间，才肯让他和孩子们大快朵颐。

空调会将鸡毛与蒜皮吹得渐行渐远，就好像他们的日子，尽是些鸡毛蒜皮般的小事情。

摩擦是在所难免的，他高傲无比，而她，总是万事由着他，他养成了大而骄的性格，在家中，总会将一些模棱两可的怒火发出来，而她呢，成了他最好的出气筒。

终于，一个计策油然而生。

一个牛奶般的小生，是她的初恋，而他遇到他时，双眼有电光火花闪过。

牛奶般的小生，借口去了她家，当她遇到他时，往事悠然，手足无措，尴尬无奈。

小生经常过来，或者是在小区内，插科打诨，其实，他不过是他精心安排好的一颗棋子罢了，双方签了协议，事成后，各奔东西，绝不轻易吐露半字真情。

她的心，从未有过的激动，其实，每个人的心中，都存在着不安分，不过，有些人将它表达了出来，而有些人，则按捺着藏在心中。

牛奶小生发动了攻势，终于，于某个黄昏，在小区内他们的家中，他破门而入。牛奶小生与她，正慌乱不堪，他倒是平静了半晌，然后道："他是修理工吧。"

她开始与他解释，其实，他们什么也没有做，虽然牛奶小生表白过，但她均以反对者的姿态出现，而他不听，终于，顺理成章，让她首先负了他，他离了婚，成了行，长出了一口气。

她独自一人带着孩子，发誓这辈子再也不相信爱情。

至于那个牛奶小生，则被他付过款后，打了个半死，让他从此后漂泊异乡，不准再踏入本城半步。

本来以为，自己收获了千载难逢的爱情。新鲜的她，喜欢时髦的她，从来不喜欢柴米油盐，吃饭在饭馆，住在别墅里，她管着他的所有，包括财产、金钱，甚至开始涉足于他在公司的所有项目。

同样是某个黄昏，他破门而入了另外一个小区里，她与另外一个小生待在一起，他大怒，刚想发怒，对方变本加厉，拳打脚踢。

她与小生，骗走了他的所有财产，不敢报案，本来就是非法所得，岂敢大白于天下？

他花费了半天时间，一个人去做一碗红烧肉，他不会剥蒜，蒜皮随风舞动，手中、眼睫毛上，落满了鸡毛蒜皮般的往事。

他才知道：她为了准备一顿饭，需要花至少一个小时的时间去准备每一道工序，菜要认真地洗，不然会有杂质；蒜要一瓣瓣剥；所有的作料要事先准备好。

他忽然间泪流满面。

一朵花的幸福不叫春天，两个人加上老人与孩子的幸福才是春色满园，一杯酒、一壶茶，才是真真实实的人间烟火。

那个傍晚，一个满身污垢的中年人，在雨中疯狂地奔走，他大声叫着自己前妻的名字。

在心中，养一场春天

春天就在心中，与季节变换无关，你温暖，周遭便春风满怀；你欢喜，周围便春风袭人；只要修炼一种豁达大度的心胸，没有哪一个日子不是春天。

李鸿章曾经说过："受尽天下百官气，养就心中一段春。"

养春，春天也是可以养出来的。

不说前事，说现在。每天烦忧的事情偏多，为房子发愁，更为孩子交不起学费而忧虑，或者为孩子不听话调皮而愤懑。打开院门，冲进院子里，一下子撞到了春天，是什么样的好心情？花笑逐，叶伶俐，风柔，雨细，成群的蜜蜂歌颂着春，你的心情何愁好不起来。

不辜负春天，也是一种心境，但不可能有一辈子温暖如春的世界，就是在海南，也会有炎炎的夏季。

一个朋友，得了抑郁症，很沉痛的那种，爱他惜他的妻子，竟然在他的家中，制造了一个四季如春。

去的时候已经是隆冬了，推开院门，温暖撞怀，天空中是塑料大棚，下面种着新鲜的蔬菜，院外是雪花肆虐，院内是几种不知名的花儿争艳。每天下午，他与妻子坐在庭院里赏花，外面是寒风凛冽，而他们却悠然自得，绝对的世外桃源。

这样的环境，毕竟可遇不可求。哪怕你有伤，病痛袭身，你也不可能每天坐在家里提前颐养天年，你需要挣钱交孩子巨额的学费，更需要为房子生计奔波于尘世间。

每个人都有一种病，或多或少，或偏或倚，而每个人心中都缺乏一种春天。

养一个春天在心中，不用过多的养分，语言是好，会刺痛春天，我们用心交流就行，将爱刻在年轮上，将诺交与朋友，回馈一份真诚。

路过某处花园，正是心情烦躁之时，一个老年人，提着鸟笼，在老伴的搀扶下上台阶，他一句话点醒了我这个梦中人："这样一个春天，不养着，可惜了。"

他所说的养，可能是自己的身体，老人大病初愈，极需要这种温暖、这种气氛，而我却独独相中了这种爱的意味。我很想告诉老人："您的一句话，让我的心中藏着春天、爱着春天。"我更想告诉老人："有了您的老伴，您一定会四季如春。"

不是你将花种在阳台上，更不是你将一朵花别在爱人的发梢，养春不是一件简单的事情，需要好心情、好修养，更需要一个静字，静可以怡身，也可以养颜，一个静字，是春天送给世界的最美礼品了。

在这样一个春季，花刚开，叶刚醒，趁阳光未热，日子未凉之际，为未来的夏、秋和冬埋一个关于春的伏笔吧。

二流也可以

万事求全责备的一个朋友，自幼受母亲良好的教养，做事情总是争个第一，看电影坐前排，听演讲亦是最先进场的一人，就是谈恋爱，也是按照母亲的思路，找一个十全十美的女子安度一生。

一路撞下来，倒是碰壁不少，自幼设想的事业并没有如卦相上所说的风生水起，倒是这些年欠债无数；至于婚姻问题，却成了老大难，一错再错，好姑娘远走高飞，只留下母亲孤独的泪水。

不算偶遇，是他电话约的我。两杯薄酒喜相逢，他泪流满面，他叹命运不公，觉得世事难料，自己奋斗了这么多年，仍然是一个二流角色。梦想成功，但成功却渐行渐远。

他渴望的，是从小的梦想付诸实施，勇争一流，出人头地，光宗耀祖，这也是他父亲逝世前的遗言，更是母亲的谆谆教导，秉承着这种精神，他不敢懈怠地穷追猛打，废寝忘食多是常事。

他用手蘸着酒，在酒桌上仔细地写下了一流、二流四个大字，哀叹世事不公，命运多舛。

我大笑起来，不是讥讽，是发自内心的笑，我对他道："朋友，你已经是二流了，我还是三流甚至末流呀？我几度下岗，家里有一阵子穷得揭不开锅；与妻离婚，辗转后才重新找到了一个红颜知已；搞收藏，竟然淘了一枚假货；在这么大的城市里，我充其量就算是一只小蚂蚁，你已经是山羊了。"

他听后，倒是平衡了许多，我继续数落他："你有着一家年产值达1个亿的工厂，如今经济下滑，但你的企业没有倒闭，说明你有前瞻性；至于你的爱情，是你个人的要求太高了，多少女孩子对你死缠烂打，你却一直想象着寻求一个如月中嫦娥般的女子，可能吗?"

一席话，他竟然释然了，从那天起，他竟然像换了个人似的，有事没事时，便打电话与我聊天。原来的高高在上、不可一世也消失殆尽了，半年时间，与一个长相一般的女子结为连理，那女子追了他七年，感动了上苍，更是感动了他的母亲。

每个有信念的人，都喜欢勇争一流，因为一流是好，是追求，是梦想，是天空。但一流太高了，高不可攀的那种，没有哪一种标准来判定它的准确性，天太高，一流有多高，危不可测。

用尽平生之能，可以做到二流，就已经是难能可贵的事情了。

种一场风，在心中

风也是种子，风也可以播种的，所谓种风得风，种雨得雨，种下爱，必定收获感恩戴德。

在乡下，风执着地刮，若是你背着一袋种子在风中走，你就像一条鱼一样潇洒，如果风太大了，就有可能将你也要刮走，你拽着树不丢，种子却飞了。漫天自由的种子，落在地上，泥土里，来年春天，便成了另外一种姹紫嫣红。

父亲喜欢风，一辈子在风里走，雨里住。父亲将爱风的习惯遗传给了我，所以我自小不怕风，哪儿风大，就去哪儿，风再大，也不怕闪了舌头，扛不住风的人，必定弱不禁风。

多快的手也抓不住风，风太伟大了，有时候神秘莫测，像未知事物一样让我们防不胜防。你可以说她是匆匆过客，因为风是大自然的恩赐，你想她时，她偏不来，所以说，风有时候像情人，等不来，得追，用金钱，盆满钵盈的那种。

小时候也没少中过风，感冒难受得要命，坐在窗户前面，看风掠过窗台。那时候的窗户，短而小，木质的，不装玻璃，一层塑料纸，哪会禁得住风的肆无忌惮，才几个回合，便败下阵来，与窗户一起投降的还有人。

中风后，打针是在所难免的，乡下的医生，兼护士，兼环卫工人，手指粗而长，茧多肉厚，握着针管扎实得要命。有几个手艺不精的女医生，先要拿笔在你臀部上画个圈，如果扎准了，恰巧在圈里，便罢休，如果不行，扎歪了，拔出来，继续如法炮制。

风在外面坏笑，风是个坏孩子，风种下的蛊，竟然让人去背黑锅，所以说，有时候，人怕风，风吹草动、风声鹤唳，但也有人喜欢风，如风花雪月、风桥夜泊。

有时候，想给风洗个澡，这可是个好想法，风无形，给她最好的洗浴方式便是泼水了。水在风中奔跑着，风愤怒着，像一个丢了玩具的孩子，自小起，便做过许多次给风洗澡的故事，但至今没有一次成功。原来，没有人可以将风打败。

但种风的愿望，由来已久，不管如何，要将风的种子播撒下来。风虽坏，但不可或缺，任何事物都有两面性，风是矛盾统一体。

风有时候薄得像玻璃，脆弱异常。好想做一回风，驰骋于天地间，不受人摆布。没有思想的物体，不一定活得不幸福。

风生风，大自然便是最结实的子宫，风刮了亿年，从未停歇，一脉相承是她们的性格。

风平生做得最多的事情，就是流浪，洋洋洒洒的空气中，伸过来一双双密不透风的手。

苦笑也是笑，总比没笑好

事业正处于上升期时，他被人设计了。

设计他的不是别人，而是糟糠之妻，共枕多年、暗恋多年，发誓一辈子爱自己的青梅竹马，她与一个小她十岁的小男友，精心设计了这场阴谋，骗取了他的巨款后，逃之夭夭。

想起多年前的海誓山盟，他欲哭无泪，关了门、锁了窗，扔了手机，酒精麻醉自己是男人失意时的常态，醉了光阴，失了时光。

老母亲过来看他时，他一脸狰狞地苦笑。老母亲奋不顾身地抱着他，等到他苏醒时，才感觉自己躺在母亲的怀里，老泪横流。

母亲觉得对不起他，这场婚姻，他是决意不从的，但架不住母亲的软硬兼施，没有想到，她竟然毒如蛇蝎。

他感觉自己像走在小巷里，冷不丁地被狗咬了。

苦笑成了他示人的态度：友人来访，眉头不展；客户光临，苦脸愁眉；一脸的苦瓜相，以前的微笑、大笑荡然无存，仿佛世间所有的磨难终结在他一人身上。

由于对方设计高明，竟然套走了所有的证据，巨款讨要无果，官司上也吃了败仗。

他将自己关了一年时间，每天在房间里面壁思过，无暇过问旁事，房间里全是酒瓶子，它们像一颗颗流星，划过生命的天空。

最关心他的，莫过于母亲，母亲有修养，不苦劝，就是每天为他做饭，可口的饭；或者与他聊天，讲小时候的事情。历历在目的往事，瞬间回归，母亲的笑话十分可人，有时候将他逗得哈哈大笑起来。

母亲劝慰他："你经历的磨难比旁人来说，不算多也不算少，钱是身外之物，丢了，可以重新赚，但信心不可丧，心丢了，往哪儿找？苦笑总比没笑好吧。"

他突然间犹如醍醐灌顶，抱住自己的母亲，潸然泪下。

事业场上，他重出江湖，又见到那个意气风发的少年郎，废寝忘食的风采博得了客户的青睐，许多人愿意投资，东山再起只是一夜之间的事情。三年时光荏苒而过，事业重新做大做强了，风生水起、水到渠成。

他的情敌，却遭遇了诸多不幸：二人的感情并非想象中那样完美，花光了资财后，大打出手，分道扬镳。她良心未泯，于某个深夜，将掌握好的证据悉数送给了法院，证据确凿，判了案，两个人锒铛入狱。

他去看她，她苦笑，而后又像个孩子似的痛哭流涕，后悔也好，遗憾也罢，放着好好的爱不珍惜，竟然得到一枚苦果。

他只留下一句话："苦笑总比没笑好。"

算是鼓励，又算是埋怨吧。

苦笑也是笑，苦笑表明你仍然会笑，仍然有生存下去的勇气与力量，如果失了笑容，山川岂不是无色，岁月岂不是改了容颜？苦笑只不过是一层薄薄的雾，拨云见日后，便是弥天阳光。

一个人，照样可以繁花似锦

一个刚刚迟暮之年的大学女同学，发誓一个人孤活到老。她经历了三场婚姻，如果加上令人头疼的恋爱故事，恐怕有八九起吧。爱太累了，厌倦了，一个人活倒轻松些。

不得不去拜望她，好替她拂去心中所有的阴霾，爱才是世间的主流，一个人，拿什么相守到老？

灿若桃花的女同学，一点儿也没有忧伤的样子，抬头明媚，低头款款，说话得体，优雅自如。如何修炼成这样的境界？女同学侃侃而谈，不讲坏的，只说好的，那些曾经得罪过她的善男们，如今在她的唇舌间竟然全是感激。伤害过了，她才知道难能可贵，才知道一个人也可以过得风生水起、一马平川。

每天早晨起来，她最爱的事情便是化妆，哪怕时间再紧，化妆的时间上绝不打折扣：轻轻地描眉，不舒不缓，太浓了不好，太轻了别人不在意；唇并不是一味地艳，红得可爱，撅得迷人；至于衣服，随身就好。

晚上是一个人最孤单的时候，她不上网，不神游，就是爱做瑜伽，将自己的身体练成了仙子，百毒不侵。

她能够迅速地从一场场旧事中逃脱出来，可见她有着非同凡响的功力。

一个人生活，就像一条行驶在汪洋中的孤船，失意时，自我鼓励；高调时，低下高贵；一个人，照样可以繁花似锦。

曼德拉，南非国父，一生入狱无数，最凄惨的莫过于他 49 岁那年，被关进一所暗无天日的监狱里，最要命的是，生活的空间仅半平方米，连个窗户也没有留下。

一个人，在监狱里要孤独地生活五年时间，是什么样的概念与逻辑？

曼德拉坚持了下来，失意时与自己对话，左手与右手打架；高兴时，为自己鼓掌；为了寻找一片阳光，他硬是将砖抠出了一条缝隙，当阳光肆无忌惮地照射进来时，他笑了，发自内心地笑。

没有几个人，有这样非凡的本领，一个人孤守也是一份能力，不是所有的人都可以孤芳自赏。

人生大部分时间，要你一个人度过，再多的朋友，也必会成为过眼烟云。所以说，学会孤独，才是人生的必修课程。

许多老年朋友，在岗位上时，身体康健，但一旦退下来，便疾病缠身。

无他，是心理问题，不会与自己相处，更不会让自己活色生香。

一个人的春天，照样有晴空万里、姹紫嫣红；

一个人的春天，照样要风得风，要雨得雨；

一个人的春天，照样可以繁花似锦。

找一个春天，听听落叶

不是所有的落叶落在秋天，有一些叶子，在春天就已经落下，更有一些叶子，苟且偷安，一直将自己的尸体延续到了冬日。

找个春天听落叶，找的是意境，是自然规律，是命定偶然，听的是心，是知音流水，是当机立断。

那个孩子，天生励志，我见过他在草丛中奔跑的样子，忽而想起了无邪的童年，但就是那样一个外表英俊的孩子，竟然大病后遭遇了劫难。一屋子人，痛哭流涕，不知道如何宽慰，只能说节哀顺变，有些事情，人类爱莫能助。

生命有时候何其弱，自然有时候何其强，生老病死，有时候是一瞬间的事情，骂也好，哭也罢，双手空空如也。

在秋季，落叶纷飞的时候，我们爷俩曾经在小院里做过一回知音，为何说一回，是因为两代人的心灵，被落叶所"蛊惑"，在那样一个霜气如流的季节里，画出了一条难得的相交线。

听落叶，是孩子教给我的，他是过来寻找作文素材的，而我则乐知天命，话匣子打开，滔滔不绝。才了解了彼此的内心世界，原来，他并不是想象中的那样乖巧，有些叛逆，我更不是一个内向寡言的老人，而是喜欢说俏皮话。

落叶萧萧，无边无际，秋天是落叶最繁忙的时候了，也是生命行将苍老的岁月。

那样一个孩子，一片青葱挺拔的叶子，落在了春季，所有人不理解，包括我，我不是神，我是人，我不会刻画内心的无言。

虚长了这么些年，才知道，春天也可以叶落归根。那丛林，我再也回不去了，因为房地产商人相中了那儿，水泥占据了大片河山，树木凄惨着在衰弱。

人为的事故也好，自然规律也罢，反正，在春天，我见到了落叶，那一定是一两片调皮的叶，有病，体质弱，或者是互相推诿中明白了事理，于是，毅然决然地香消玉殒。

在百花盛开的时候，去地面上寻找一两片叶子，是何其困难的事情，就好像在大洋中寻找一块救死扶伤的陆地。黄而虚的叶子，无声地落，那边是花开，这边是叶落，鲜明的对比，就好像两对解不开的函数。

反其道而行之的办法，是人类的逆向思维，总会有一只鸟，落在飞往南方的路上。

听落叶的声音吧，淡而轻，弱小的生命，无足轻重，如雨滴入土，如泥牛入海，更如射向太阳的箭。

在这样一个弥足珍贵的春日，阳光如雨，朴素地下，花香似箭，凌厉地射，春风似手，匆匆地伸，总有一片特立独行的叶子，选择了凋落。

生命何其轻，有时候，轻似山，重若雪。

扯杏花

在一大片桃林里，感受春意盎然，再郁闷的心情，在大自然的垂青里，也会变得黯然失色，自然的东西，再好不过了，由不得你不欢喜。

蓦地，一棵杏花树拦住了去路，在偌大的桃花堆里，竟然开着这样一朵不起眼的杏花，着实让人吓了一大跳。绝不是贬低桃花，但杏花就是不艳丽、不轻浮，自然而然，特立独行，独树一帜，像一大堆轻佻的女子中间，走进一个衣袂翩翩的少女，杏花是少女，清新脱俗。

记得小时候，乡下人多车少，到处是杏花芬芳，那时候，一颗糖便是一年的守候，而独有杏花酒，染醉了半个童年光阴，不敢喝，看大人喝，家里的男女老少，干了一天的活儿，累得要命，杏花酒进入肚中，一切安然。

我曾经信誓旦旦地捧着一碗杏花酒，闻了半晌时光，那清新的味道，沿袭了几十年光阴，于某个夏日的午后，轰然醉倒。

唐朝是杏花的朝代，杜牧的一首《清明》像一滴墨，滴进历史的宣纸里，洇开来，暖暖生动，满川的烟雨，一地杏花碎，游人不知何处来？

杏花的历史悠久，有生命的时候，杏花便飘遥地到了地球上，生根发芽，天女散花。所以说，人要敬畏自然，不要随随便便地发自己的小脾气，杏花也有自己的性格，人与自然，要互相尊敬，就好像邻家的少年郎，向少女献了花，相视一笑，故事凝聚在三山五岳里。

我曾经将一大片落下的杏花，放在碗里，然后倒上白酒，密封好，等待他们互相发酵的日期。但效果却适得其反，我不了解杏花的性格，每一种世间生灵，都要顺势而为，你了解她后，才可以打动她的芳心。母亲纠正了我酿杏花酒的误区：杏花花瓣，要撒在酒缸里，要似落非落的杏花，干枯了只能当作标本纪念，太湿太嫩了，你破坏了杏花生活的规律，恰到好处才是一种至上的典范。

终于成年了，第一次喝上了杏花酒，酒气袭人，我想到了杏花村，想到了踽踽独行的杜牧，一辈子忧国忧民。杏花笑了，杏花不是历史的解说员，杏花只管笑世人的傻与真，历史与她们无关。

池州湖畔，现代化商业气息浓厚的中午，果然有一个牧童，但他却不知道杏花村在何处？一蓑烟雨，已去平生。

看到了杏林，花刚刚开，十几个天真烂漫的少女，世间早没了花的概念，全是灵魂，全是风，穿梭在无尽的时空长廊里。

一朵杏花拽住了我的肩膀，告诉我：我都盛开了，你呢？禁不住哑然失笑起来。

风在人间走，人在风中游

一个人骑着自行车，若无其事地进行着滚动摩擦，世事安然地从身边路过。人像鱼，风像海，这样的场景每时每刻都重复，十分精彩迭起，没有几个人在乎这样的骄傲，有时候，看惯了某处风景，再多的风起云涌均淡然。

有些人一辈子在行走，精彩成为他们的代名词，即便不成功，也成就了自己的好身体。

一直喜欢坐在火车上，看花鸟虫鱼、山清水秀落在自己的身后，没有自豪感，就是一种莫名的放松，自己凌驾在铁轨之上，平添了一些喜怒哀乐。

这样的场景，小时候就崇拜过，那时候，车少人稀，就好像僧多粥少，徒步前行，看到了火车。整个省，大约就一辆这样的火车。看铁轨是什么样子？是不是三头六臂，可以承载如此庞大的精灵，后来长大了，觉得铁轨像心灵，心有多大，世界就有多广。

我十分在意铁轨间的草，它们一定接受了不少人的顶礼膜拜。呼啸而过，火车像脱缰的野马，奔驰在前，草沿着风的轨迹倾斜，不理会"宁为玉碎，不为瓦全"的逻辑思维。草的胆子比贼还大，冷风袭人，红楼药香。

儿子的作文中这样比喻草：蚂蚁很小很小，像一棵草。我哑然失笑了，蚂蚁像草，人也像草，世界岂不是也像一棵弱不禁风的草。

人有时候活得太累，疲于奔命的样子，着实让自己难以承受，但时间解决了所有的难题，坚持过了，也不过是过眼烟云，再多的骄傲，再多的磨难，其实寻觅的唯一结果就是死亡。所以说，静寂才是世界的主流，哪怕战争潇洒，也阻碍不了历史的万古长青。

风是最大的海，最广的海，所以说，每个人都喜欢游泳，不然，你早该在风的海洋中恹恹而死。风的海太博、太厚，以至于人居其中，早忘了感恩戴德。太阳照常升起，风照样流动，有热风，有冷风，无论哪种风，都是世间最怡人的爱。

人总是向往美好，这是一种天赋。如果哪一天停止了奋斗，人就如叶一样归于大地。风管不了许多，风照样存在，风存活了千年万载，没有哪一天的太阳可以将风打败。

风在人间走，人在风中游。

雨果是什么果，是美丽的果

心灵太丰富了，太巧妙了，不见得是一件好事。过于富饶的生活方式，也是一种累赘，什么东西，都是简单的好，复杂了，胃消化不了。就像春天，来了点小雪是点缀，是盐，是画，是适可而止，如果雪太多了，岂不是重新让冬天占领了制胜的高地，花受不了，季节岂允许你随便越俎代庖？

一个长得十分瘦弱的朋友，锻炼是他的常态，是医生给他的要求。这先生当了真，一段时间以后，竟然将运动延续到了极限状态，每天跑上万米的马拉松。不是职业选手，却做到了专业化的水准，不要羡慕，物极必反，忽一日，腿部奇疼难忍，细查之下，竟然是过分劳累所致。竟然有这样的事情，就好像一个人去海里航行，船翻了，人落了水，不是风生水起，更不是水乳交融。

另一个长得眉清目秀的孩子，学习成绩青云直上的那种角色，在学校里，优秀得在一二流徘徊，家长觉得还有成长的空间，压了许多的卷子，压得他喘不过气来，学校也是疼爱有加，特殊照顾，开小灶，一直将孩子压到了绝境。这样一个孩子，优秀的孩子，竟然得了脑神经衰弱，恐怕一段时间内，他再也学习不了。不是故事的故事，让人扼腕叹息。

班会上，一个戴着眼镜的老师向我们讲解雨果的《巴黎圣母院》，他眉飞色舞，老学究的风采，国民的优秀代表，讲解到疼处，学生们跟着掉泪，讲到软处，仿佛整个教室上空荡漾着泡泡糖。

照例，学生们要提问了，一个孩子提了一个尖锐的问题：雨果，是什么果？是梨，还是苹果、还是香蕉？

众人哑然失笑，这样一个不苟言笑的老博士，竟然笑了个前仰后合。

雨果是什么果，他绝不是菠萝，更不会是栗子，也绝不会是人参果，他就是雨果，就好像你是你，我是我，蓝天是蓝天，风是风，波是波。

气温高了，雪就会融化；

爱多了，自然会爱恨交加；

世界的美妙之处，就在于，有风有雨，有因有果，有车有辙。

雨果种下了一颗叫勤奋的种子，才有了手不释卷的风满楼，雪月风花。

每个人都可以拥有自己的花好月圆

小时候，少年衣袂飘飘，除了向往琐碎的食品外，对爱情便充满了若即若离的向往。好似一只恼人的虫子，在自己的被窝里轻轻地蠕动，哪怕稍微有一种风吹草动，便可以让你突然间春风满怀。

这是对爱情的最初憧憬。

邻家的姐姐，大我一轮，见我总是笑逐颜开，逗我玩，送我糖果。她嫁了个好男子，一生疼她爱她惜她，即使在她得癌的困难时刻，他依然不离不弃。姐姐的笑容，是我对爱情充满希冀的最初印象，她就像爱情请来的代言人，笑容便成了爱的名片。

原来，爱情是笑容，是不分开，是及时雨，是困难时的一双手。

我遇到一位长我一岁的姐姐，大学毕业，匆忙择业失业，还未在失业的苦恼中脱胎换骨，便猝不及防地遇到了她。她善良，对我的捉弄总是一笔带过，就好像她有一双充满魔幻的手，温柔地一挥，便扫尽世间阴霾，从此后，再多的坎坷也是风平浪静的前兆，原来，这世上有一种爱叫风雨同舟。

于是，我迫不及待地让她成了我的新嫁娘，长我一岁的姐姐，十余年时光荏苒而过，虽然也曾经争吵，更会与邻居家出现瓜田李下的不愉快，但她的善良却贯穿了我的一生。

善良的花，施以温馨的暖暖的化肥，恐怕爱情这颗果子，想不芳香怡人都困难。

年迈的老人，在吊唁自己离开的妇人，在公墓旁，这幕场景让多少人不忍卒读。老人在烧给自己的爱人叠好的纸鹤，他说他们结婚时，流行折纸鹤，他曾经答应过她：这辈子要折一万只纸鹤给她，现在还差许多，因此，他不能离世。老人告诉我：如果用一个词形容我们的爱情的话，那就是"爱心"了。

爱心，对丈夫的爱，对家人的爱，对邻家的关怀，对陌生人的关爱。老妇人在世时，是一名医生，一辈子施爱无数，她救助过陌生的遇难者，曾经一度将家中变成他们的天堂。开始时，他不理解，她一直坚持，多年以后，当他们都老了，那些感恩，那些笑容，都是对他们最真的回报，当时，他们觉得爱情不是一对伉俪的全部，爱是普及，是施与，是恩惠到所有可以关注的人群。

每个人的心中，都有自己的花好月圆。这是属于个人的经典传奇，更是自己对爱情、对人生的铁骨铮铮；花不常开，月不会常圆，但有了爱的天空，一定可以晴空万里，有了爱的事业，一定可以顺风顺水，有了爱的人生，一定可以壮志凌云。

你在爱的舟上刻下属于自己的春秋，一定可以求到一枚"轩辕剑"，爱的江湖里，每个人都有自己的经典情话。

天空丢掉了某些白云，才迎来晴空万里

有些有用的东西，可以丢掉处理，因为有用的东西太多了，每一件事物都有其存在的价值，垃圾也会是宝。

整理家中的旧物，总会丢掉一些信件、资料或者多年前的陈年旧事。家太小了，装不下太多的杯盘狼藉，心的容量也不是无限延伸的，那些有用的、无用的，自以为是的东西，该扔掉的还是要扔进垃圾筒里清空。

一个朋友再婚，藏了一张原配的照片，无他，只是觉得她身世可怜，也曾经有过风花雪月般的过往，藏了又如何？这家中总有些是属于男人的角落，那儿藏着属于个人的传奇与隐私。

偏偏故事发生了，原配离异后捉襟见肘，实在没有办法的情况下，竟然拨了他的手机请求支援，原来是自己的枕边人，如何草率地拒绝，倾囊相助，瞒了妻子。

恰恰在此时，东窗事发，妻子发现了他的小匣子，照片发黄，笑依然，自此便可以揣测爱依然。

不依不饶，工资卡上又发现了端倪，一波未平一波又起，这世上就没有安常处顺的生活。

通常男人不知道如何解释，欲语又塞，就像某条河流，架不住地震般的冲击，瞬间便成了堰塞湖。

半年时间，竟然无果。原本就是空穴来风的事情，男人到处解释，走遍了妻子家中的亲戚朋友，最后才明白了症结所在，当着妻子的面，他将那照片装进信封里邮给了前妻，原来属于自己的，现在不属于了，何必纠缠如初。

无用的东西该舍弃，有用的东西是否该永久保存？其实，让我们无法轻装上阵的，偏偏是那些看起来有用的东西；我们每个人都是吝啬鬼，从来不觉得我们经历过的哪些事情该舍弃，哪种物品该放火焚烧，这是一种人类的通病。

时间久了，你就成了世上最笨重的人，衣服里三层外三层，压得你喘不过气来。

我们千万别学那只挤进园子里吃桃子的猴子，吃饱了身躯无法消化，最后郁郁寡欢。

村庄丢掉了某些传统，才成就了今日的繁华，没有人可以撵得上历史的车辙；

天空抛弃了部分白云，才迎来了晴空万里、一目了然，大自然才是人类最好的师长。

和伤口一起开花，一起成长

一直觉得，每一道伤口都是一段经典案例，伤口也是人生的一种哲学，它代表着曾经的幼稚、过往的犀利或者是你我的爱，没有禁得起岁月与时间考验的煎熬。

那道伤口，一直映现在我的眼前：他是一位退伍老兵，参加过对越反击战，伤痕累累，痕迹斑斑，代表着他的峥嵘与铮铮；120道伤口，这是他给我讲的真实数字，看我不信，他脱了衣服，信誓旦旦地讲每道伤口的故事，讲得惊心动魄，仿佛瞬间，置身于金戈铁马的战争岁月。

我无法想象，擎着这么多的伤口的人，他的人生该是怎样的一种决绝，更或者是一种负担，伤口有时候会发作，痒得厉害，如蚁噬，如虫咬，而他却淡然一笑，他将伤口当成了朵朵花，绽放过将来有可能继续开放的花，他人生最大的乐趣便是有事无事时，数自己的伤口玩，这是自己自信的资本，无人替代，绝无仅有的财富。

第二个向我讲述伤口如花者，是一个女子。

国色天香的女子，美人痣印在眉心中间，宛如山多了黛、树多了眼、月亮多了星星的点缀。

不敢多与她接近，怕自己的平凡影响了人家的庄重美丽。喝多了酒，关系拉近了，才知道那美人痣的前身竟然是一道伤口，女人自己折磨的伤口。失了恋，发誓永不再爱，自残，在自己的眉心开了一道口，血迹斑斑，留下了永远的疤。事后却碍人家的眼，杀自己的心情，女子的心灵苏醒后，决心不再与自我为敌，重新来一次刻骨铭心的爱情。于是，到了美容院，医生一双巧手，出了院后，蓦然发现了那美人痣，美得艳美，惊世骇俗。

让伤口开花吧，人生避免不了伤口，伤口也是一种美丽的见证。

第三个故事是一个孩子，替我埋单的孩子。

我借居在一处民宅前，偶尔无事，与一帮孩子玩耍，童心未泯，竟然玩起了高难度的游戏，大家从高空落下，看谁跳得远。东家的孩子，摔在地上，裤子被磨破了，左右对称，两个破洞。我大骇之下，想掩饰地去给孩子买条新裤子，但来不及了，他家的母亲唤儿晚归，竟然发现了破绽，怒目而视着我的忘乎所以，而那小孩子，居然对母亲说道：破洞处补个补丁，让伤口开花吧。

母亲破涕为笑，这样的母亲，开明大义，这样的孩子，是人间的天使。

第二天一早，孩子的破洞处缝了两朵小花，竟相争妍的样子，孩子依然与我一起玩，我当时当景，感动得热泪盈眶。

人生最大的幸福莫过于能够和自己的伤口一起成长、一起开花。那些伤口，是爱的证明，更是一种警醒，回避是没有用的，能够将伤口修饰成伟大的人，一定是一位不平凡者，至少他们是敢爱敢恨的人。

有一种包袱，叫福

他活色生香地出现在我的面前，一点儿也没有如传说中那样沧桑巨变，在巨大的压力面前，他活得依然自然、自如。

他是我的同学，半辈子经历了无数次劫难。

自幼父亲去世，家里落下了上万元的巨债。在 20 世纪 90 年代，一万元对于一个农村家庭来说无异于天文数字。

当时，她的母亲卧病在床，年仅 10 岁的他，拉扯着妹妹，每天在原野上奔跑，为了上学，他不得不花费比常人多几倍的时间在风雨里奔跑。他需要利用业余时间捡破烂，还需要在课余时间跑回家中为母亲换药，更需要重新跑回学校里，上气不接下气地坐在自己的座位上，不仅如此，他的功课门门优秀，当时，校长将全校唯一的一份奖学金发到他的手中时，我们恨得牙根痒痒，年幼无知的我纠了一大帮的孩子们为难他，他被截在半道上，而我们的目标就是为了夺取他的钱，从而享受一次饕餮盛宴。

他发了疯似的，举起一块砖头，疯狂地跑着，后来，我才知晓：他是为了家中的病母，如果不顺利到达家中，他的母亲就有可能从床上栽下来，后果不堪设想。

他的故事大白于天下后，我的父亲揍我个半死，就连一向心疼我的母亲也选择了沉默，疼在心中，原来他的故事如此纠结。我到了他的家中，向他

034

承认错误，看着床上的病母与家徒四壁的家，我们两个少年，拥抱在一起。

16 岁那年，他辍学回了家，他好不容易还清了债务，但母亲的病情却在加重，他的妹妹不想上学了，向他提出要求，他怒发冲冠地不同意她的请求：除非我死了。

他的包袱不断。母亲猝然病逝，一夜之间，他白了少年头。

依然是有债务缠身，恐怕这辈子他都逃不出包袱的阴影，有包袱的日子，一定压得他喘不过气来，好歹他年轻，他趁着夜上路，奋斗不止、生命不息，到了 28 岁依然没有女朋友的他，终于替妹妹找了个愿意爱她一辈子的男人，她去了南方的大城市里生活。而他也选择了背井离乡，在北京，他创了业，蹒跚起步、步履维艰，贷款、开业、停产、倒闭，上百万的债务，人这一辈子都在还债，有形，无形，爱的债，情的债。

我们全都躲到了天涯海角，生怕他的霉运会传染到我们。这辈子都想轻装上阵，都想过锦衣玉食的生活，谁不想拥有大好的青春年华？

他坐在我的面前，面对我的质疑，他哈哈大笑起来："现在依然有债在身，索性在最好的年华里，遇到了最好的她，这辈子知足了。

"回想这些年，包袱反而成了我活下去的动力，谁没有包袱，大小而已，每天躺在被窝里，都在为明天奋斗，有一种包袱，叫福，如果没有包袱，我不会改变自己倔强的性格，更不会在负重中学会自我调适。我最对不起的，还是母亲，有一次，我对她发了脾气，当时母亲掉了眼泪……"

乌云是天空的包袱，但风吹散后，便会云开雾散，一场润泽万物的甘霖马上降临人间。

你是我的包袱，情是爱的包袱。每一个生灵存在于世间，都有责任、承担，而所有这些职责，看你用什么样的眼光去对待，它们是福，不是祸，让我们的人生更加感动、更加充盈，让我们以平和的心态面对大千世界、生命苍生。

这是大自然恩赐我们的另外一种哲学。

慢的城，是幸福的城

现代化社会，人们生活节奏加快，无暇欣赏途中的风景；金钱意识浓厚，亲情爱情观薄弱，快速增长的经济与人们的幸福观恰好成反比。

在美国费城，有一个叫丁夫的年轻人，他拥有一片 76 亩大小的古宅，宅内古色古香，多是百年前遗留下来的财产。按照常规，他应该将这片房子出租出去，安享太平，但他没有这样做，他针对现代人们节奏快的缺点，创造性地建立了世界上第一座"慢的城"。

节奏慢是这座城堡的最大特点。如果你是游客，从进入城堡那一刻起，一定要慢下来，思维慢、步伐慢，两边的风景尽收眼底，如果你的速度超过了监控的速度，你将会被提醒三次，三次后，你如果依然故我，将会被服务人员清除出境。

吃一顿饭，一份菜需要制作一个小时，不用现代化的电磁炉、煤气灶，还是传统的烧制工艺，这样煮出来的饭菜才有益于胃部的消化和健康。

慢电影也具有独特的风味：船行驶在画面上，十分钟后，它才移动约一米的距离，不必发火，发火可不是这儿的味道，心灵栖息下来，让饱经风霜的自己，享受一次慢节奏的生活。

慢故事也别出心裁：一场恋爱，谈了半个世纪，这样的爱情，恐怕会让人在潸然泪下的同时，替主人公捏一把汗吧，因为时间苦短，用半个世纪去恋一场爱，这样的爱情，一定沉淀得通透、晶莹。

亲情的味道也别具匠心。向父母献茶，是必要的流程，茶要用心烹制，有烹茶比赛，看谁的茶烹得久，烹得香，如果父母喝了赏心悦目，你一定会得到一份大礼。

一条慢速运行的火车，绕着城堡行驶。周围是花、是树、是叶子向你和自己微笑，窗户开着，有风吹进来，火车中的游人们，笑容满面。

酒是必需品，不能过量，酒要品，不能灌，酒是慢酒，劲头来得慢，香味十足。

本来只是想体现自己的观点而已，令丁夫没有想到的是，这儿竟然游人如织，媒体竞相报道，许多在现代快速生活中深受其害的人，在周末时分，会预约几张票，与家人一起，来这儿安享一份难得的静谧时光。

"慢的城"，不仅设想特立独行，而且迎合人们渴望回归自然、回归自我的需求，任何建立在人性化基础上的创意，一定会取得意想不到的成功。

"慢的城"，像一台时光留声机，更如一盏穿梭时光隧道的航标灯。

鸟如洗，雪如玉

　　世上最悲哀的事情，莫过于季节的远去，冷漠的到来，以及无边无休的爱先行离开了。鸟是这个世界最灵通的信使了，一只鸟离开后，另外一些鸟儿，或者选择了死亡，或者选择了前往南方。同一个太阳，温暖程度不一样，竟然得到意想不到的生命结果，就好像恋爱与婚姻，恋时痛是福，惜是情，婚后才感觉，日子淡，月也会弯。

　　鸟一刻不停地倾诉着这个季节的最后一段往事，就好像在小时候，在外婆的家门前，我这只小鸟，还没有诉完一整段经历，转眼间沧海成了桑田。

　　在秋末，雪最容易绷不住，不请自来的姿态，压抑是这个季节的通病，几只不知冷的鸟儿，从巢中伸出脑袋，观雪是它们现在的最好工作了。雪如盐、如玉，但雪最像雪了，就像鸟最像鸟，人最像人，不要随便改变自己的初衷，自我要活得像自己，为何要苦苦纠缠于模仿与效颦？

　　雪终于一夜倾城，土生土长的命，碎琼乱玉，步履蹒跚，风大起来，鸟叫起来，世界大同，融为一体，仿佛全世界只剩下了单与真。雪是被赋予最神圣的字眼，它是纯洁的代名词，殊不知，它埋葬了许多肮脏的东西，有些事情，一埋千年。

　　我看到了一个顽童，正在雪地里寻找鸟的踪迹，树上的雪被惊地花枝乱颤，地上的雪瞬间凌乱不堪。雪是这个世界最大的空调了，如果将雪装在鸟巢里，装在我的小屋中，忘却寒冷之外，恐怕我与鸟定会受宠若惊了。

鸟不落纤尘地叫，说它如洗，定与声音有着万变不离其宗的关联了。声音静、纯，不落窠臼，一点儿杂质也不忍心泄露出去，鸟的声音落在雪堆里，声音无法撞击出一个物理变化，雪依然，鸟叫依然。

雪像玉一样，玉洁白可爱，但白玉微瑕，雪也有瑕疵，雪有缺点，雪化为水，水是不能喝的，有细菌。我一直郁闷地想：有什么样的细菌竟然可以生存在寒冷的环境里，它的能耐定然超过了人类，我不如，我心痛。

在乡村里，一定要有树，没有树的乡村定然是城市；没有鸟叫的乡村定然是憔悴羸弱，不堪一击，禁不住丝毫风吹雨打；雪是最好的点缀了，风肆虐着，雪、鸟成了村庄的主角，它们赛过了人的智慧，它们知道如何保留最初的爱与恨？

钢材太多了，鸟看着眼累，鸟不喜欢现代化，鸟喜欢原始。

鸟是树的花朵，鸟风声鹤唳，雪不甘寂寞，人疲于奔命。

一枚雪跑在乡村里，一只鸟走在空气中，一个人站在树枝上。

晚娘

日子尚浅，未深，每一天的太阳都是新的，过去的事情，犹如闪电一样稍纵即逝，欢乐就在眼前。虫子的呢喃，晚归的妇人，组成了乡村美妙的夜景。

乡村里，虽然城市化的趋势明显，但总有一些怀旧的人，保持了一片树林，一架秋千荡尽了世间沧桑。

有自然的地方就会有虫子，在这样一个执着的夏季，虫子是世间最美的赞美诗了，虫子也是少女、妇人，虫子也有自己的春秋大义，在这样一个疲于奔命的时光里，虫子是这个黄昏的晚娘。

你试图找到它，却无法成功，你的手稍微一动，它便停止了喧嚣，只留下无尽的怅惘，所以说，你不必过分地躁动，大自然最垂青的是寂静，万籁俱寂才是世间正道；你站在原地，一直等待，就好像等待晚归的新嫁娘，姗姗来迟的虫鸣声又回归了；似谷音，若有若无，若隐若现。倘若你心情好，你可以偷听到最曼妙的音符，倘若你思想迷离，你听到的似乎全是杂音。世界上最沉重的不是泰山，而是人的思想，思想可以将人砸死，一蹶不振，所以说，虫子不用自己的思想，虫子叫了千年万载，照样世代繁衍，这世上，恐怕没有哪一个虫子会愁死。

还有蝉，知道世间百事，所以才赢得"知了"的美名，在黄昏，在树林里，你拿着手电筒，可以摸到树上刚出洞的蝉，一股子欣喜油然而生，这时，树上的蝉对你的行为嗤之以鼻，捉拿它的同伴，岂会善罢甘休，一曲唱尽，算是挽歌吧。

正在见异思迁之时，一个美妙的妇人，刚刚从地里归来，唱着歌，远处，婆婆唤归的声音刚刚随着炊烟四起，妇人是新嫁娘，男人去外面打工了，挣钱后邮过来。利用晚饭前的一点空隙，在树林的旁边，她成了浣衣女。

树是老版本，虫子每日在翻新，妇人的笑容是吉祥的代言人，这样的场景，为今晚的风景铺上了浓墨重彩。

半夜依然无眠，老家的夜太静了，竟已习惯了城市的喧嚣。

披衣下床，驻足窗外，又看到了那片黑压压的树林，那儿，照样是一夜无眠，风起时，总会有一阵子叫声伴奏，这世上永远不会过分宁静，但自然的声音，要和谐得多。

人有时候，还抵不上一只虫子、一只蝉，人总想着享受，早忘了世间美好的向往。偶尔会有一阵蛙鸣打破夜的宁静，虫子与蝉，在芬芳扑鼻的空气里，它们成了这部夜影的最佳主角。

有用无用的，都是最美好的时光

别总抱怨过去的时光肝肠寸断，怨恨大于喜悦，遗憾延伸至未来，是我们每个人的通病。抱怨是毫无用处的，过去的时光，哪怕满是离索，也是独一无二、无法复制的经典时光，对你，对他人，都是最好的过往岁月。

每一寸时光，都是上天对你的眷顾与恩赐，感恩还来不及，何苦纠缠于苦与不苦、乐与不乐。苦是药，治愈你的伤口，乐也是药，让人开怀大笑。

不满足，是面对旧时光的最大寓意了。如果有后悔药，我可能会更加深情地爱上某个女子，如今，可能早已经儿孙满堂了，不必与某个不喜欢的女人在一起煎熬；你更会信誓旦旦地选择另外一个喜欢的专业，现在的专业，无法回头。前尘往事萧瑟，再回首为百年人。

如果真让你回去了，选择了自己认为正确的方向，时过境迁，你还会后悔的，你可能会产生更高的要求，更苛刻的眼光。

遇到一位妇人，年事已高，精神焕发，老伴早亡，她一个人，拉扯四个子女长大，如今，她早已经尽享天伦了；但她拒绝了所有子女的请求，她一个人躲在自己的小庭院里，十分自由地度过余下的时光。

儿女们都忙，城里的房价贵得离谱，他们不得不每天从早忙到晚。

老人于某个凌晨自然离世，儿女们恸哭不已，丧礼自然十分隆重，以弥补老人在世时，无法尽孝的过失。收拾老人的遗物，竟然发现了许多日记本，里面详细记载着自己的整个一生：美好的事情、不快的事情，都有记载；她也首次披露了自己的爱情，第一个爱人，与另外一个女子决绝而去，当时，她已经怀了第一个孩子，现在的爱人，早已经得知此事，但他依然装作不知，将孩子当成自己的孩子抚养长大。

她在日记中写道：不恨了，如果他不走，恐怕我遇不到最好的爱人，也不会有这么多孝顺的孩子，恶事变成了好事，幸福还来不及呢？

那些最无聊的日子，在老人笔下熠熠生辉，变成了河，快乐的河；谱成了歌，你我的歌；走成了路，别人学不来的康庄大道。

找一把世间最大的剪刀，剪裁心情、岁月与命运，好的不好的，坏的不坏的，有用无用的，都是你我的青春过往，都是最美好的旧时光。

生命里，总有一段痛彻心扉的时光

　　每个人的世界里都有风花雪月、风驰电掣，更会有风云际会，风是世间不可或缺的元素，疼痛也是人生的必修课，没有哪个人，可以一辈子安常处顺。没有疼痛的人生，不叫人生。

　　那个妇人，憔悴的面容，或多或少仍然残留着旧日的健康，这是她第三次化疗。每次都是一个人来的，化疗前，她总要认真地打扮自己，芳香在一阵阵疼痛中苏醒，有时候，我会煞有介事地靠上前去，帮她拢一下被寒风吹乱的头发。

　　之所以一个人来，她是不想让疼痛感染其他人，哪怕是最亲的人；

　　之所以仍然喜欢美丽，是因为，病痛已经夺去了她的健康，但不能掠夺她美丽的权利；

　　之所以我上前帮忙，是因为，我意识到了疼痛的存在。

　　有些痛，在别人心上发生，但却可以在自己的身上痛彻心扉。

　　不是同情，胜似同情，我生生地记得她病痛发作时的无助，我多想变成一粒麻药，驱散她心中所有的阴霾，但我不是，我只是一个不太麻木的人，爱我爱的，疼我疼的，这便是自己的人生。

　　那个妇人，在最疼痛的时候，却不让我为她打麻药，麻药有副作用，她只是拼命地抓住我的手，指甲摁进了肉里，我的疼没有她的疼，但她的疼却让我伤心欲绝。

她为我讲最疼痛时的感受，说完后她仰天大笑，感染得所有的医生一脸春风。她说疼痛的感觉痒痒的、酸酸的，像醋，像一坛子醋被哪个妇人打翻了，就像小时候，妈妈打在屁股上，上学迟到了在太阳下面晒，或者像恋人突然走了，自己一个人。

这应该是疼痛的最高境界了，她之所以不让药物麻痹自己的神经，恐怕她就是想体味一下疼的最高味道。

她是我景仰的人。疼痛过后，她余下的时光便是整理自己的容颜，大把大把的化妆品，抹在脸上，直至整个病房里传来温馨的香味，她这样做的目的很明显，她马上要回家，她只是想让芳香掩盖住那种药的味道。

同样是一个妇人，已经度过了50年时光，50年岁月荏苒而过，在这期间，家中十余口人相继离世，只落下她与一个年仅3岁的孙女相依为命。

10年前的一次车祸，家中四口全部罹难，8年前，爱人癌症病逝，1年前，自己的儿子儿媳因为仇杀，而被绑匪撕了票。

每周一下午，她都会准时到医院来，为她3岁的孙女输液，孩子生来体弱，天气不正常时，总会有或多或少的病痛。

这是最温柔的症结，不忍卒读，不敢说一句话，生怕哪一句话刺痛她的痛。

这样一个饱经风霜的老人，内心深处一定被岁月折磨得不堪一击，哪怕是稍微有一丝一毫的外力，也会导致弱不禁风。

恰巧相反。老人将孙女打扮得十分时髦、漂亮，自己也穿戴前卫，闲谈时，她告诉我："我不想让知道我的人认为我脆弱，过去，是时间在左右我，现在，我想左右时间。"

生命里总有一段痛彻心扉的时光等着你与我的到来，躲是躲不过去，前进是唯一的道路，与其愁肠百结地让疼痛拥你入怀，倒不如轻轻松松地度过这段必需的疼痛时光。

于某个愁眉苦脸的清晨，坐在梳妆台前，将自己打扮得活色生香，告诉自己：这已经是最美的痛、最和蔼的时光。

从一，是一种精神

人生大概有两场戏在演：其中和旁观。要么你是当事人，身在福中不知福，身在祸中盼甘霖；要么你是冷眼旁观者，你可以出手相助，更可以袖手不管。

人生的许多故事都是在这两场戏中开演，你时而是主角，时而是配角，时而一文不值。

但这里面的学问颇多，能够将两场戏演绎得滴水不漏的人，绝对是伟人。

专注是一滴露，从一而终，做事情要认真，心无旁骛，管他是与非、对与错，只要身在其中，便要走出一个春露秋霜来。但令人烦忧的是：现在生活中，许多人无法专注。做事业的，总是要盼望自己的臣民们能够一人多才，修理完机器，你还要会布置会场，喝完红酒，白酒也是摇尾乞怜般地等待；做学问的，守着电脑，刚想阅读一篇文从字顺的好文章，QQ 响个不停，电话铃声也接踵而至，约会、宴会与一系列的流程占据了你的半壁江山。

所以说，画画的人，你不必太在意射在屋角的半叶阳光，不必理会外面小孩的嘈杂声打乱你的心绪。

涉入爱情的人，你该好好爱一场，每个爱情都是一篇宏大的巨作，不要管其他人的七荤八素。爱情是最缺乏专注性的元素了，稍微有几只冷眼，便

048

可能令主人翁变成客人。

冷眼是一杯酒，你喝着，他们看着，你醉了，人事不省，但人生中总有几只眼睛盯着你，像苍蝇盯着一只有缝的鸡蛋，每个人都不是完人，人生中难免送给别人冷眼，接与不接，都是意料中的事情，但总会有太在意眉宇间的亲不与亲，放与不放间的爱与不爱，因此，中了人家设下的蛊。

如果你是旁观者，一定要保持一颗向善的心灵，只要心不坏，眼睛放出的光芒一定豪情万丈，别人原原本本接收的，会是一世界的阳光普照。

心与眼神一致的人不可怕，你躲着就是了，眼睛是一枚凌厉的武器，谁也不愿意迎着毕露的锋芒？最害怕的是口是心非的人，心中所想，不通过眼神交流俘虏，而这种人，在这世上越来越多，让眼睛应接不暇，总会有一天，眼睛不再会是心灵的窗户。

专注与冷眼，其实就是乡民与游客的关系了。眼神再差，也是客，游客会挑剔乡里的东西质量差，乡民们会怪游客们缺少涵养，破坏了传统与惯例。

设身处地地为对方着想，是天底下最难下的棋。乡民与游客们本是一家人，掉转关系后，他们就是世间的人际，好像一只鸟落在树上，鸟也成了树的花朵。

不怪，是一种境界。从一，也是一种精神。

福尔摩斯走在大街上，戴着一顶难看的草帽，没有多少人认识他，当他是叫花子。一阵风刮过来，帽子掉在地上，许多人欢呼雀跃。

一阵风便是送给专注与冷眼的最好媒介。

颂风

风声鹤唳，风花雪月，风驰电掣，都是风的语言，风原来也会说话，风有腿呀，跑来跑去的，无拘无束，一会儿工夫，便穿梭几万光年。

谁在传风？风言风语，风云际会，风是大自然的助手，没有风的存在，就没有变幻莫测的世界，风是改革的推动者，风一句话，万世皆休。

一个人走在原野上、大街前，感受最深的莫过于风的威力了。风跨越了千年，没有人可阻挡风的到来，就好像没有人可以阻挡得了历史的潮流，你只能向前走，风也只能向前刮，风刮在脸上，像刀，这是历史的车辙。

有一种风，十分可怕，比刀更残忍，它是语言，唇齿相依般的语言，语言也是一种致命的武器呀。

一件可怕的事情传来，刹那间风起云涌：

说三道四的，像狂风；

无中生有的，似台风；

街谈巷议的，若龙卷风。

口耳相传的确是一种奇妙的手法，从轻风、柔风到暴雨倾盆，不消多少工夫，便可以让人命在旦夕。

历史上不少人，死于风闻，通常，风成了罪魁祸首，但风不知道，它只是人的替罪羊，战争也好，埋没也罢，哪怕一段文明的诞生与陨落，最大的推动者是人，不是风。

绝不能拒绝风的到来，风是好风，就好像刀是好刀，剑是好剑，就看舞动者是谁？

风温柔敦厚，从不因为某人没有钱财而远离，也绝不会因为你郁郁寡欢而若即若离，风来了，光临了你的身边，但风也绝不过多地做驻足，你把握住了，便是你的爱人，你任凭它奔波相离，那么，它就是他人的情人。

风一出手，便是一个春秋，风与历史相关，与爱相连，有风的地方就是天堂。

我家门口有一个老太太，每年都喜欢坐在自家的庭院里，寒来暑往，一晃便是百年光阴，问她作甚？她说是看风，听风，观风。

好一场关于风的传奇。

淡定的心情，可以滋生爱的土壤，风柔了，空气便好了，世界也因此乐业安居，玄而大同，风便是人类的"乌托邦"。

没有人可以抓得住风的手，但总会有人可以标新立异，抓住爱人的手，亲人的手吧，因为爱也是风的代言人。

树在跑

在乡下，人们推着独轮车，在风中奔跑，你跑不过一棵树，树有兄弟，一棵接着一棵，煞有介事，像火箭般越过无数光年，你仅有一人，形单影只，你跑不过一棵树。

人活着，就要奔跑，不然，你总会被世事遗忘。小时候，乡下穷，除了奔跑外，没有其他娱乐的方式，因此，一大帮的小朋友们，穿着露屁股裤子，在风中跑，在雨里游。你跑得快，雨在身上的机会就小。人其实十分弱小，你抵挡不住任何大自然的进攻，雨是箭、是精灵，射在身上，没有伤。

我是个不太安分的孩子，自私有一点，我总是在奔跑前，准备一顶草帽，可以为自己遮风挡雨。雨大了，再大的伞也无济于事，因此，他们轻装上阵，跑得比我快，草帽的阻力过大，那时候，我刚刚学过物理，因此，扔了草帽，摔了一跤。

草也是个不安分的生灵，到处是草，蔓延，草不如树，人敬树，是因为树带来荫凉，草太小了，杂而无章，像个容易生事的孩子；你跑累了，树可以为你带来方便，草则不然，草依然是那样矮小，你躲进草里，一大堆的生灵们咬你，你的屁股上便会斑驳陆离。

有树的地方一定有花，他们是情投意合的姐妹，好像是花袋子漏了，随便找一处树下栖息，便会发现无数不知名的小花；每一棵植物都会开花，人也是生物，人也会开花，人开的花在身上、心里，你要有尊严，要有耐性，否则，你就会变成他人眼里的"残花败柳"。

我的嗅觉灵敏，总会在某一处树下，发现讨厌的小孩子留下的粪便，臭不可闻。灵敏的人，总会惹来麻烦，一整天便是恶心难忍，老想着自己碗中的饭会不会与那些肮脏的东西一样，于是，躺在床上，听风在外面嘲笑，树刮着风，树是风的使者，如果没有树，风无法肆无忌惮。

窗外便有棵树，遗憾的是，改造时，树没了，窗也没了，不能称作可惜，世界总要发展，不合时宜的东西，总该与时俱进，我是个传统的人，我不会计算经济学，我只会怀旧。

院子里空空如也了，狭窄得厉害，但仍然说服了所有的人，留下一棵梧桐，它长得快，一年时间，便可以由小学进入研究生，好歹留住了一些风，有树的地方，必定有风。

下雨了，车抛了锚，一大帮的人，在雨中飞，两边的树，与你有难同当，多么好的场景呀。

人在飞，树在跑。

第二辑

遇一场雨，逢一场爱，化一场斋

最简单的生活，也是最真的生活，如雪轻轻落、梅悄然开、爱在某个不经意的相逢处訇然洞开，霎时便姹紫嫣红。我们已经处在最好的年岁里，就该好好活着，好好生存，好好爱某个稳定的人。好好地爱一场吧，不辜负大好的青春年华。

在自己的掌心里，好好地跳一场舞

一个绝代风华的女子，站在一个巨型的手掌上，她在掌心里翩翩起舞，宛若天仙般倾诉着属于自己的雨雪风霜。

不是穿越到了古代，现实的阳光穿透了植被，刺痛了你我的神经。

城市的茶馆里，那女子年方 16 岁，父亲有病，母亲早亡，她本是舞蹈天才，却辍学在家，无奈之下，在亲戚的举荐下到了茶馆里卖艺。舞蹈本就轻盈，加上她的演绎，简直幻化入了仙境，尤其是在掌心里跳舞的创意，让人抖然一动，瞬间忘了所有的苦痛纠缠，而进入了一种空空如也的化境。

也许，只有在凄苦的环境下，才能够成就如此端庄大方、曼妙灵巧的舞姿，安康的环境会使人的心灵裹足不前，永远不知道什么叫奋起直追。

每个人的内心都有一段疯狂的舞蹈梦，能够在别人的掌心里跳舞，是小时候做过的黄粱一梦。汉宫飞燕，婀娜多姿、倾国倾城，我也需要受别人的宠，宠自己的失态，宠自己的错误，就像小时候，自己做错了事情，父母没有拳脚相加，而是悉心抚慰。

内心大得像海洋，有时候却小得像一枚手掌，掌心多纹路，主宰着世间变幻，能够踩在别人的命运上跳舞的人，大多是非凡的人，红颜一笑，人仰马翻。

手中的茶未凉，烟未消，掌心的少女依然灵动怡然，如果不了解她的身世，我们根本以为她就是一个仙子，下了凡指点我们的迷津，而现在，她成了人间的天使。但凡有爱的人，此时此刻，一定会被挖掘出无穷无尽的潜力，你可以不会爱，但你一定不要忘了展露你的才华，才华也是爱呀！

这世上，恐怕没有一个人，能够在自己的掌心里跳舞，哪怕你轻盈如燕，纤巧如丝，哪怕你瘦弱得成了一朵云、一杯酒、一滴水，但有无数的人却在试图左右着自己的身世命运，掌心如命，踩在自己的掌心里舞蹈的人，希冀成为自己命运的主宰。

其实，每个人都是在自己掌心里跳舞的人，哪怕你此时的事业一塌糊涂，哪怕你的爱情烽烟四起，哪怕你的身世让你一蹶不振。

我们每个人，都要学会在自己的掌心里跳舞。再多的苦难也架不住衣袂飘飘，再多的纠缠也抵不上自我的孤芳自赏。

人生有一半时间是自己与自己过，你不乐意也不行；死也是自己与自己过，装在小匣里，一梦千年，风驰电掣。

有些爱，早晚要逝去，但自己的表演却可以丰碑永存，这世上，你就是自己的个人全能。

自己的手掌可以狭小，但内心一定要强大，不需要正规的训练，我们是自己给自己表演；跌翻了也要爬起来，因为你永远追不上时间。

年华在走，风在飘；岁月在淌，水在流，跳一辈子舞给自己又如何？

为了爱，得罪上帝又如何

这是一家小型的餐馆，一度经营不善，老板塞浦的孩子站在餐馆门口，仔细盯着每位顾客的脸。

"先生，您不能点甜食，我们餐馆不能提供您这样的食物。"孩子天真的脸上写着吉祥。

"为什么，我生平最爱吃甜食，你们这餐馆是怎么搞服务的？"那位先生一脸郁闷。

"您如此肥胖，有糖尿病吧？我们是为您着想，您不能吃，否则，我们可以拒绝您就餐。"旁边的老板塞浦先生补充道。

肥胖先生想了想，他想起了妻子的千叮咛万嘱托，便乖巧地听从了老板与孩子的介绍，那一餐，他吃处虽然少，但十分舒心。

这是一家微型的餐馆，在纽约市，地皮如石油般昂贵。餐馆推出了健康型的服务理念，但这样做会得罪顾客。

比如说一位有咽喉炎的患者，他平日里嗜辣如命，塞浦先生没有在他的菜里加一颗辣椒，他吃着无味，便不准备埋单。

尽管塞浦先生从健康的角度进行了解释，但依然无果，他要求加入辣椒油，否则这顿大餐将不给予结算。孩子的回答铁骨铮铮，他指着墙上的忠告说道：“我们是为您的健康着想，您不是所有的菜都可以吃，都可以为所欲为，如果这样，先生，您请离开这儿吧。”

全纽约都在议论这家奇怪的餐厅，为了所谓的美其名曰，竟然得罪了顾客这样的上帝，一时间，众说纷纭。

《纽约时报》记者走进了这家餐厅，她正在减肥，因此，她点了一些青菜，塞浦的孩子提醒她：“女士，您的体重偏轻，会影响健康，建议您食用一些肉食。”

旁边的台秤证明着孩子非凡的眼力，记者感觉有一种温馨感，她满意地食用了一些肉食，虽然这会增加她的体重，但她乐此不疲。

老板塞浦先生本身就是一位出了名的西医，因此，没有哪个人的健康问题能够逃得过他的法眼，这样的餐厅，顺理成章地食客如云。

在这儿，你不必担心你过量食用某种食物，因为塞浦先生的配餐是按照体重与健康考虑的，您如果没有吃完，证明您的身体已经出现了问题，如果您不够吃，那也没法子，因为这家餐馆会提醒您：您只能吃这么多。

“为了爱，情愿得罪上帝，这是我们的宗旨。”塞浦先生对远道而来的一对老年夫妇说道。

每一个顾客都是上帝，爱与健康比上帝更重要。这样的经营理念，不仅赢得了所有顾客的青睐，不想发财，都难。

种下桂花，才能俘获吴刚

每个人心中都有爱的库存，有些爱为自己准备，有些爱是为他人储蓄，这世上，不存在无爱的人。

人生悲哀的是，倾尽一生，储蓄了太多的爱为自己，任它们四溢横流，我们却把握不准库存与容量。

一个男子，娶了一房妻子，自由恋爱的结果，他们认为媒妁之言早已经过时，相信自己通过努力可以修成正果，也答应两个人相濡以沫地过一辈子。

婚后，他产生了失望，无法找到真正的爱情，两个人分分合合，争吵是每天的常态，他哭诉，找到心爱的朋友倾诉衷肠。这世上，没有几个人是爱情专家，哪一份幸福都是从风雨里飘摇过来的。你一言我一语，乱了方寸。酒后言乱，禁不住失声痛哭，旁边一位老者，认真倾听着他们的呼喊，末了，他站起身来，问他："你种下爱了吗?"

几乎所有人哑口无言。是的，你种下爱了吗? 爱也是生灵，需要种子，你光想着收获一份缠绵到老的爱情，你了解她每天奔波的苦楚吗? 掌握她身体的疾病吗? 一味地索取，自己早已经丰腴肥硕，你知道你所爱的人的情感世界吗?

有时候，一句话便可以让人顿悟，让人醍醐灌顶。你要面对的是世间最神圣的爱，它不是一件玩物，它是云、是花，它需要自由、需要圣洁。

一个老花匠，讲述他种植桂花树的过程：

那时候，他还是个年轻的匠人，不可一世、玩世不恭。

桂花园里，成排的桂花树，花匠倾尽了心血，但桂花却无一存活，等到八月时，桂花树早已经奄奄一息，没有迎来香飘千里的壮举。

花匠心急如焚，来年时，他悉心照顾，却得到了同样失败的结果。

花匠决心放弃种植桂花树的梦想，如果不能成功，选择失败又如何？

一个年迈的老者，前来采购他种的鲜花，看到了成排的濒临死亡的桂花树后，他笑了起来："桂花抗寒、抗热能力差，先要在温室内种植 2~5 年，待其长成中苗后，再移栽。哪一个亭亭如盖的桂花树也无法躲避自己的特性，这是它的生命规律。"

种下桂花，才能俘获吴刚。爱情就像桂花树，如果不细心呵护，只是随便地轻描淡写，你不可能收获八月桂花的软玉飘香。

种下武艺，方能打败虎豹豺狼；

种下坚韧，才可以百炼成钢；

种下最好的爱，方能收获最美的地老天荒。

送给你，一管春风，一个春天

一个年近百岁的老人，孤独地坐在门前的椅子上晒太阳，一个乞丐模样的少年接近了他，企图从他的薄弱中分到一杯羹，但他却失望至极，因为老人生活艰辛，根本不是他想要猎获的目标。

少年准备离开时，却蓦地出现了惊险的一幕：快要睡着的老人身体在下垂，眼瞅着老人就要落在地面上，而地面上，尽是一些凌乱的碎石。

少年自幼家贫，父母双亡，靠乞讨与抢劫过日子，他本来是过来索取的，他根本没有想过自己会付出。本能促使他接近了老人，用稚嫩的双手托起了老人瘦弱的身体。

少年别无选择，因为老人需要住院，住院需要费用，而老人一直处于高度昏迷状态，少年取出了自己多年积攒的钱财，替老人交了住院费用。

他计划着远离是非，老人是个无底洞，他甚至咒骂自己的良心未泯，这样下去会害了自己，但的确是良心难安，他离开了才半天时间，便感受到了老人的孤苦，他迫不及待地重新回到了老人的病床前，而当时，老人刚刚苏醒，他需要一杯水来解渴。

少年及时送上了水，老人苏醒了，并不排斥他。少年就是少年，脸上没有写着坏字，少年天真烂漫，哪个成年人都喜欢与少年来往。

少年本来想着利用自己辛苦积攒的钱财去一所好的学校接受深造，但他的计划落空了。百岁的老人，身体极度虚弱，需要人的照顾，医院里的人将少年当成了老人的孙子，要求他片刻不得远离，否则会让警察逮捕他。

少年有苦难言，但他下定了决心，必须要让老人痊愈。

老人的病情在加剧，直到某个黄昏，少年消失得无影无踪，医院里的人忙坏了手脚，谴责之余，便是对苏醒的老人进行数落，认为他没有教育好自己的孙子。

病中苏醒的老人道出了真情，他根本不认识这个孩子。到现在为止，真相大白于天下，一个年幼的孩子，非亲非故，照顾老人三个月有余，自己垫付了昂贵的医药费用。媒体蜂拥而来，炒作、爆料，一段真情故事浮出水面。

全城搜寻少年的消息，老人说要感谢少年的悉心照料，但少年却失踪了，此时此刻，少年正面临艰苦的抉择，因为他被几个同伙骗到了郊外，要求他交出巨额财产，如果不是如此，他哪会有钱交老人的医药费用。

少年于一月后成功自救，他满身是伤，他抱着试试看的心理去了医院，却看到了空空如也的病床，在午夜的街头，他看到了大街上到处贴着找寻他的海报：孩子，爷爷盼着你回家。

少年凯特的故事感动了整个俄罗斯，在莫斯科，在2013年的冬日，到处都讲述着凯特的故事，凯特由此获得了莫斯科第一小学的垂怜，他破格被录取到学校接受正规的教育。不仅如此，做了好事，好福气便会不请自来，老人留下了遗嘱，将自己的整套院落留给了少年凯特，这座院落粗略估计，价值上千万卢布。

第一小学开展了向少年凯特学习的行动，如今，校园成立了各种各样的关爱老人小组，他们打出了这样的口号：送给老人一个温暖的春天。

如果你不曾到过春天，我们会请来温暖的太阳，请来花枝招展，请来万物复苏，你的世界里，将从此不再冷若冰霜，而是春满人间。

如果你不会捐赠，就要学会这堂必修课程

瑞士首都伯尔尼的中小学校园里，每周都会进行一次公开的捐赠仪式，校方对这样的仪式十分重视，甚至比期末考试还要关注。

在瑞士人看来：捐赠也是一种责任，从小便要培养孩子学会关爱他人、体谅他人，赠人惠己，是瑞士人的处世风格。

捐赠并不刻意要求捐赠数量，伯尔尼第一小学的校长西蒙先生对此深有感触，他讲述了30年前的一则故事：

当时，瑞士人的意识形态发生了变化，很多人崇拜金钱，唯利是图，这种风气蔓延到了校园里，这是一种可怕的现象，孩子们接受事物的速度非常快，尤其是坏习惯。在第一小学里，西蒙先生当时还是一名普通的教师，他倡导了全世界校园里的第一次捐赠活动。

当时，许多人对这样的想法不理解，捐赠是有钱人的事情，与穷人无关，与学生无关，更与老师们无半点瓜葛。组织的第一场活动，参加的人寥寥无几，不需要强制性，捐赠本身就是一种自愿与自由，最后，那次捐赠，只收获了可怜的10法郎，而西蒙先生，却没有伤心，他持之以恒地推进每周一次的捐赠仪式，就好像在教堂里，面对着耶稣的画像祈祷一样神圣。

这样的捐赠仪式，坚持了30年时间，如今，它早已经成为伯尔尼第一小

学的校训了：每个孩子，从小便要学会关爱他人，哪怕你捐出的只是微弱的钱。

仪式开始了，西蒙校长会亲自念上一段《圣经》，大家神圣地祈祷，面对捐赠箱，大家要在内心深处发誓，自己的捐赠出于真心，而并非强制，你可以不参加，但如果参加了，就一定要心诚；然后，大家一一走过捐赠箱捐款，为了保证公平与无私，会有校外的公证人员参与每次捐赠仪式；每次捐赠所得，都要用于对贫困生的补助。

如今，捐赠已经是瑞士一道美丽的风景线，每年都会有世界各地的游客们来到校园里，参加神圣的捐赠活动，大家虔诚地在捐款箱中捐出钱财，为他人带来祝福，更为自己捐来平安幸福。

瑞士的捐赠行动，早已经普及到了欧盟其他成员国，比如说法国，每年圣诞节前夕会有议会领导带队，进行郑重的捐赠行动，2012 年的全法捐赠活动，有将近一千万人参加。

在瑞士，大家以捐赠为荣，规模盛大的捐赠仪式，也成了瑞士人的精神遗产。

人性化的考量，是瑞士人心目中的神祇，瑞士的每个设计、每项政策，都出于人性化，他们绝不允许伤害每个生灵的尊严。

最幸福的事情，就是自己可以选择学校

在巴西首都巴西利亚的西部郊区，有一所叫利雅得的学校，学校名不见经传，但最近却爆出了惊天的消息：这所学校别出心裁地推出了"学生可以选择老师"的制度。这样的制度，在世界上尚属首例，因此，吸引了整个巴西乃至世界的眼球。

利雅得学校兴建于20世纪60年代，历史悠久，但由于管理不当，加上几任领导的不作为，到了2010年，学校已经濒临倒闭的边缘，老师只剩下老态龙钟者，学生也是学习最差者。偌大的教学楼，门可罗雀。

新任校长霍地先生十分头疼，这是政府对他的信任与考验，如果在两年任期内，无法扭转这种尴尬的局面，这所学校将面临关闭的风险，届时，这儿的土地将被卖给开发商，也许用不了几年，朗朗的读书声便会被如林的经济大潮所淹没。

霍地的家就在这儿，因此，当他被任命到此地时，他并没有做过多的考虑，只是一门心思地想着如何使百年名校发扬光大，但到达现场时，才发现自己的感觉全是错误的——他有些后悔，但已经无济于事。

霍地召开了全校老师会议，按照标准，学校应到老师120人，实到老师才20余人，一些老教师如数家珍地向新校长介绍着学校过去的辉煌历史，说到痛处，现场一片啜泣声。霍地鼓励大家振作起来，相信通过大家的努力，一定可以扭转这种局面。

要想招到学生，必须要有好老师，霍地在当地媒体贴了广告，给出了丰厚的待遇，老师们应征者无数。由于政府的干预，加上学校教育有回暖的迹象，一些学生家长尝试着将孩子转回了利雅得学校。

霍地经过认真地思索后，制定出了"学生可以选择老师的制度"，定期对老师进行考核、选举，在这儿，学生们说了算，对于学生们提出的意见，老师们必须认真倾听，有选择性地接受，实在是无理取闹者，便可以直接交给学校教导处进行处理，老师无权决定学生的去留。

当地议员与群众对此事褒贬不一，认为这样不一定可以提高教学质量，但霍地校长却坚持己见。

由于特立独行的教学风格，加上校长的平易近人，学校的生员不断增加，到了2012年，学校已经拥有师生2000余人，2013年，利雅得学校参加了巴西名校竞选活动，在全国2000多家中小学校中，夺得了第7名的殊荣，彻底扭转了原有的困境，霍地校长也因为制定与众不同的校规和采取特殊的教育模式，而受到了巴西总统罗塞夫的接见。

媒体应约参观了利雅得学校，看到了这样的情景，一名刚刚被学生否决的老师，不得不从教育岗位上下来，去学校的后勤处工作，另外一名优秀的老师，已经顶替了他的位置。

利雅得学校的校规是：学生可以选择自己的老师，学生与老师共同成长。

将无用的事情，做成有用

人生许多时候，都在做无用的事情，比如说闲暇时狂聊，或者于雨后初霁的天空观赏彩虹，再者如晚上做梦。梦是最不可靠的幻境了，心理学家做过预测：人生大部分时光在无聊中度过，无聊的时间，也就是那些无用的时间。

人人都有平凡的一面，爱情中不可能每时每刻都是浪漫，柴米油盐、人间烟火才是生命的常态；哪怕是再伟大的角色，也会出现生活的陋习，他们只是做有用的事情，比我们常人多一些罢了。

将无用的事情坚持下去，或许就可以变成有用的事情。

英国伦敦郊区有一个小男孩，生来体弱，每天靠政府的救济过日子，他无法从事繁重的体力劳动，每天除了看书，便是跑到沙滩上捡拾那些可怜兮兮的鹅卵石，日积月累，石头随着孩子年龄的增长而成了一座座不规则的小山。

孩子唯一的母亲，认为儿子做的尽是些无用的事情，在某个午后，她叫来了一辆运输车，准备将孩子二十余年积攒的石头处理掉，当孩子得知这个事实后，号啕大哭，结果自然而然，母亲顺从了衰弱的孩子，那些石头得以保全下来。但母亲告诉孩子：这些石头，你需要规范放置，不然，会成为一道糟糕的风景。

孩子上了心，业余时间除了继续捡拾鹅卵石外，便是整理那些无用的时间里捡到的无用的石头。

石头多而杂，但奇妙无比，孩子将石头按照各种动物的模样进行了整理，一年多时间，他整理出了三十余种动物的模样，有些石头栩栩如生，如猛虎下山，如蛟龙出海。

本来无用的石头，吸引了一个记者的注意力，当时，他利用休闲时间来到海边休假，无意中发现了这个奇妙的场所：眼前这美丽的景象，犹如进入了人间仙境，天上没有，人间仅有。

这个记者用相机拍摄了他所认为的奇特景象，一时间，风起云涌，大家都记下了这个美丽的海滩，这些可爱的鹅卵石。

如今，小男孩的家已经成了旅游胜地，每日游人如织。

无用的事情，坚持久了，便有可能成为有用。

哪个人的一生都是如此巧妙。你是先锋，你要默默无闻地努力，在旁人看来，你所做的事情，全是无用的，有用的事情一定要引起公众的注意力，要成功，成功才是最有用的筹码。

人生的前半段路，其实全是积累，这些看似无用的积累，是一种运筹，更是一种过渡。当年，黄公望先生晚来无事，便画起了《富春山居图》，没有想到，沧海桑田，这幅名画不仅如今价值连城，更是成为了友谊与团结的见证。

人生最大的成功，就是将无用的事情，做大做强，变成有用。

过尽千帆，皆是客

一个穿着校服的女孩子，大约 17 岁左右的年龄，站在医院的走廊尽头，她在找妇产科，稚嫩的脸上写满了哀伤。我不忍心告诉她确切的位置，而是将骨科的位置指给了她，她努力点头表示感谢。

我在想我 17 岁的时候，男女关系是保护的重点，拉手也是一种禁忌，更别说肌肤相亲地做暧昧之事了，那样也好，太开放了，容易失去自我。

我四处逡巡着寻找皮肤科，皮肤科就在妇产科的旁边，我刚要迈进皮肤科的大门，看到了小姑娘的影子，她在门口等着叫号，忧郁的表情。

她看了我一眼，我表情有些麻木，刚才我骗了她。

皮肤科的人太多了，我被排到了下午。环境污染不仅坏了我们的心，更坏了我们的肉体。

女孩子不见了，可能是被叫了号。没有多大会儿，传来了盈盈哭声，我听到了医生的呐喊："你必须住院，子宫炎症厉害，下一步，就是宫颈癌，你知道吗？你家人呢，做恶事的男生在哪儿？为什么不随你前来？"

我于心不忍，在门口探头看视，医生抓了我，叫道："你是她的妈妈吧，长相一样。"

我被硬扯了进来，挨了批，年长的妇科医生捶胸顿足："你没有教过她保护自己吗？安全套为什么不用？"

我像个做了错事的孩子，一个劲儿地点头，拉着她出了门，她扑在我的怀里，泣不成声。

"阿姨，我不敢告诉我妈。一次喝酒，不知情，后来，他老缠着我，做了有六七次。"

她生硬的语言刺激着我的内心，如果是我的女儿，我一定送给她一记耳光。

好半天，我无奈地拍了拍她的肩膀，我没有其他法子宽慰她的心，我最后告诉她："瞒不了了，告诉妈妈吧，身体比学习重要。"

她郑重地点头，化验单落在地上，血一样的红色映入眼帘。

生命何其哀伤，有时候让人透不过气来，这么小的孩子，却要接受如此决绝的生命安排，我感到力不从心，伸出手去，无法哀伤。

我好想让那些懵懂的少年过来医院看这个经典的案例，如果抛却尊严与面子，这一定是一堂醒目的教育课程——无论男女，尤其是女生，一定要懂得保护自己，不要总拿年轻不懂事作为借口，更不要用过尽千帆皆不是为理由，心灵上的事情，自己比医生清楚。

每一个男生，都要做一个负责任的男生。

每一个女生，拿什么开玩笑都可以，但不要拿自己的身体。

生爱

两个老年人，一男一女，每天执着地待在太阳下面，做志愿者。在众多的年轻志愿者中，他们鹤发童颜、格格不入，不光是外表，他们还行动迟缓，宣传起交通来有些心有余而力不足，但他们很卖力气，就好像他们经手的是自己的光阴与岁月。

老是从那个路口经过，因此，与老者多了些熟悉，有事无事时，便聊起家常来，他一边工作，一边与我唠叨着，不大会儿工夫，那个老妇人，竟然若无其事地跑了过来，将手中的水壶递出，送与老人，老人认真地饮用了一番，表示对她的赞扬。

原来，他们竟然是夫妻。

下午四点左右，我又路过了路口，由于等人，加上此时人流少，我与老人攀谈起来。

"该歇歇了，享受天伦之乐。"我问他。

"没事，尽点余力，不要工资，权当娱乐。"

他笑笑，同时努嘴向旁边的老妇人笑，那笑，十分有趣。

"我们老吵架，在家中无事生非，好像日子是由争吵组成的，现在想通了，人一定要活着充实，老憋在家里，憋坏了，还会生出新的事端来，因此，我们便当了交通志愿者。"老人插科打诨。

原来如此，我觉得挺新鲜的，刚想离开，那妇人道："对，无事生非，不如无事生爱。"

无事生爱。这是我一整天听到的最舒心的一句话了，发自肺腑的，我为他们的高尚与执着而感动，与其躲在家里，吵成一锅粥，倒不如做一些公益事业，生成爱，生成养分，生成这个社会需要的和谐。

其实，天下本无事，庸人自扰之。许多事端，是人闹出来的，历史如此，家庭也概莫能外。没事可做时，心烦意乱，口无遮拦，可以随心所欲地发泄内心的苦闷，语言也是一种武器，出口便会伤人，自古以来，语言与枪炮可以称得上并驾齐驱的致命武器了。

无事生非，倒不如无事生爱、生情，这正是我们需要的一种正能量。

梅花，原来是雪花的姐姐

人这一辈子，云烟烽烟四起，一定要对得起自己的爱与被爱，一定不要辜负苍天赐予你的大好年华，一定不要放纵自己的身体而博取短暂的红颜一笑。

能够好好活着，好好爱着，本身就是一件惊天动地的大事了。

就像那朵朵梅花，在人的视野里，短暂停留，只消一个冬季，便早已经香消玉殒了。

就像那一枚枚雪花，才几个眼神过去，便消失在无边无际的黑暗里。

这就是生命的一元二次方程。

许多人在寻找真正的魅力与风格，有些人找了大半辈子，好歹找到了，不算晚，就像饭，不算迟，在来去匆匆的年华里，每一次相遇都是一首绕梁三日的歌。

一定要在梅花盛开时，好好地爱一场，冬季，蛰伏着生机，但爱却可以"为所欲为"，梅花纤巧、精细，就像某个新嫁娘，日子过得要红红火火，花开得要艳，爱一个人也要有一种特立独行的风格。

雪花肆虐，雪花一定要成为梅花的妹妹，要的不是面积广大，梅花风格硬，雪花软，风格硬的生物才可以配得上乘龙佳婿，哪一个有志之士，不是桀骜不驯，不是风风火火？

如果你想爱，一定要在雪花落时、梅花开时，那是她们最艳丽的时候。爱也要风风光光，在最美丽的时候奉献的爱，一定可以流芳千古。

不要等到梅落雪凋时，才想到某位佳人缺衣少爱，才想到某位公子哥仍然在不爱的环境里缺暖少情。爱就要明明白白地表白出来，若雪，似梅，送给大地与路人一片勃勃生机，这应该是世间最古朴、最大度的爱了。

哪个人都会经历年少轻狂，都会想入非非，无所事事，时间允许你卖掉所有的不快，生命也可以给你一个改过自新的机会，就看你如何决定自己的生前身后事。

在这样一个寒意浓浓的隆冬时节，雪刚下，梅初开，雪一个万福，梅一个笑脸。这样的生命，才是伟大的生命，才是博大无私的自然。

可惜没有哪个人，哪段情，哪件事，有这样的气度与风华。

雪依然落着，几个调皮的孩子，在雪中赏梅，诗句一波三折，歌曲一唱三叹；他们的世界里，没有寒冷，没有沧桑，只有可爱、天真与简单。

雪爱梅，一刻也不停留自己的爱；

梅敬雪，半刻也不会搁浅。

我们已经处在最好的年岁里，就该好好活着，好好生存，好好爱某个稳定的人。

好好地爱一场吧，不辜负大好的青春年华。

总有一段爱，在雾中穿行

朋友最近为爱事忧心忡忡，觉得失了感觉，找不到东南西北？在网上、电话里，与亲朋好友拼命地分享自己现在的感受：他与自己总是面和心不和，同床异梦，他开始变得婆婆妈妈，甚至有时对自己横眉冷对。

这样的爱情，是否已经到了最危险的时候？朋友一直想找到答案，却无果。

喝着一杯咖啡，朋友给我讲他们的故事：

浪漫、温馨、执着，是他们爱情伊始时的代言人。恨不得将全天下最好的时光送给彼此，死缠烂打、细语呢喃。与全天下的痴情男女一样，浪漫期一过，平淡接踵而至，一波未平，一波又起，总是为柴米油盐吵架，或者为哪个多情的女子给他发了一条肉麻的短信而耿耿于怀。

她之所以这样担忧，是因为他是个绝世好男人，她深爱着他。曾经尾随他好长时间，生怕他有一点一滴的闪失，爱生恨，恨生愁，在她的眼中，他的一举一动、一笑一嗔都会被无限地放大，直到生成心事，在心中结网成茧成蝶。

他一度认为她疯了，让她去看心理医生，而她则大叫着：爱有错吗？

她得了疑心病，这样的状况十分适合去看心理医生，但我不是神不是仙，我只能用我平实朴素的语言去开导她，且不去伤害她。

我告诉她：人生总会有一段时光在雾里穿行，找不到北，摸不到爱的方向，这是在所难免的，也是必然趋势，你不必在意。你若是真心爱他，就该给他想要的自由，但引线始终在你的手中；他若不爱你了，哪怕是绑在身边，心也跑向了九霄。

爱也是如此呀？总会有一段爱在雾里穿行，让人扑朔迷离，甚至有时候觉得生不如死，每日用酒精聊以度日。思想是一块大而妙的手帕，会擦掉你心中的谜团，直到爱的真相水落石出。

你爱他，是爱他的肉体，还是精神，包括他的内涵与外延？

你不爱他，是不爱他的点点滴滴，还是不爱他的简单与复杂？

这世上有些事情，本就是风马牛不相及的安排，你错误地修饰了，看到了，并且误会地放大成南极洲，所以你的世界始终寒冷。

爱也是一只有灵性的猫，要么瑟瑟发抖，要么灵性十足。

如果找不到正确答案，爱也没有到濒临破产的边缘，就索性在雾中行吧？在雾中吹箫、弹琴、放浪形骸，任生活自由行驶，也是一种享受与浪漫。

总会有段爱在雾中穿行，你不必介怀，就像你洗了澡、泼了水、雨打乱了芭蕉。

天空中，没有一缕自私的月光

我们难以想象，地球如果失去了月光，将会带来怎样的场景？也许黑暗会黯然神伤，永远占据着制胜的高地，更甚者，海水会暴涨，大陆被淹没，无穷的灾难相伴而生。

但几乎没有人意识到这世上最公正无私的月光，其实是宇宙苍生最博大的馈赠了，我们享用着最该感谢的东西，却一直熟视无睹，世间最悲哀的事情莫过于此。就好像一个痴情的女子等了你三载光阴，而你回过头来，始乱终弃，她得到的不过是一枕黄粱。

如果评选世上最自私的生灵，人当仁不让。人立于天地间，需要金钱与权势，需要美女与膏粱，为了一己之私，我们可以杀伐，更可以明火执仗，对赠送我们礼物的人间天使肆意攻击。

天空没有一朵云是脏的，脏的是一些人的心灵，一些人的脑袋。贪婪是自私的兄弟，丧心病狂是迎接自私的末班车。

月光以那么宽敞的胸怀，洒下清辉，迎接着世间万物与生灵，还有更多像月光一样正直的好兄弟们：阳光无垠，是太阳送给地球的盛宴；星光点点，是情人的笑，是恋人的发，是渴睡人的眼。

月一刻也不会停止自己的爱，从东半球照到西半球，从地球照到宇宙。

其实，我们也可以将尊严当成生命的衣裳，树立洁身自好的性格，品格是一个人终生受用的名片。

天空没有一缕自私的月光。

半个夏天，半份美好

夏天长而无奈，光是热浪的袭击，就使人不得不风干成一团，缩在空调房子里，接受科学的恩赐。

如果是半个夏天就好了，于是，我想起了半夏。

许多人讨厌夏天，缘于它的热而失调，裁了你的精神，只留下萧条，它不如秋天那样提醒你的神经，更不像冬天那样让你的思想永远处于绷紧的高度；夏天，就像某某湖里那个风韵犹存的船娘，来不得半点虚伪，要么就给钱，要么就还我前半辈子的光阴，更或者，送我一个风华正茂的爱情。

半夏是一味药，有毒，且毒性刚烈，如果不是好好炮制一番，恐怕你的胃与身体受不了它的折腾。

小时候，乡下无药，正规的药铺寥若晨星，田野采药便是一种必要的事情了。半夏，在夏天最热时采挖，躲在不起眼的角落里，就像小时候弱不禁风的我，生怕有人看见自己的好与不好。好又如何，也是我的天赋，不好又如何，你不该冷言热语。我的童年就像半夏，谁惹我，我便歇斯底里。

家门口的土路上，倘若不是下雨，便铺满了半夏，晒干的半夏，十分体面，味辛、性温，早已经停止了成长，只留下自己积蓄了一辈子的养分。

胃不好，是我小时候的惯病，因此，与半夏便结下了缘分，如果你不吃它，它便乖巧地躺着，与你无关，只任凭你的身躯在风雨飘摇中接受时间的洗礼；如果你吃了它，便有了奇怪的正作用。

我最纳闷的便是古人对药的研究了：药可以说是古人最聪明的发明了，一味味药，似金玉良言，让你从容、听命和顺从于它，逆来顺受。每个人都会经历寄人篱下的日子，就像生命，难免经过雨雪风霜，看你如何看？吃药似是吃苦，但仍然是福，它延续了你的寿命，让你有更多的时间享受世间天伦。

什么事情都是一半的好，过犹不及、物极必反，对于半个夏天，一直是一种奢望，如果自己有一双翻天覆地的手有多好，点了金，来了银，让山河岁月从此后只留下一半光芒，皮里春秋。

母亲的一生是一部哲学，她的话开导了我：

怎么可能满足你的个人意愿，夏天，是大自然最精巧的安排了，四季轮回，才是地球可以适合人类生存的要目，半个夏天，庄稼如何生长？

我释然了：剩下的半季送给哪个季节？给春天吗？太长的春天让人迷茫，如果给了秋与冬，恐怕夏天也会不乐意的，因为是自己的身体，就像孩子是娘身上的肉，再多的金银财宝，也无法割舍世间亲情。

我现在明白半夏何以度人救人的理由了：送你半个夏天，火辣辣的太阳下，任何病毒都化为无形，只留下生命中的那只知了，不停地叫，这是生命的召唤，也是生活的最强音。

没有人可以拿走你的优雅，自然快乐的心情，是世间最好的治病良药，就像夏天，就像半夏，有些热，有些苦，送给你的，不是飞短流长，而是风华正茂。

俯拾即是，皆是天籁

最美的声音是大自然的恩赐，最美的声音是天籁，天籁是福、是爱，更是一种博大，让人类汗颜羞愧的赐予。

风虽然肆虐无比，会伤害生灵，但任何事物都是一种相对论，这世上没有十全十美的事物，就是无比傲气的爱情，如果施错了目标，也不一定会收获甜美。

北方的风，来得大而奇，妙而喻。风大了也是好事，可以吹干心事，更可以随心所欲地在家里冬眠。世界上绝大多数的风是好风，就像世上好人多一个道理，好人是爱的魂魄，好风可以涤荡灵魂。

雨的声音好听，如曼妙的女子在过日子，时而轻狂，那是年轻时候的懵懂，时而柔，那是遇到了婆家人，喜悦溢于言表。世界上的所有女孩子，都渴望有一个如花似月般的爱情，渴望无极限，爱拼才会赢。

雨打在树上、叶上，便成了交响曲，这是最伟大的爱了。

虫子的呢喃声音也不甘寂寞，会毫不客气地在四季的角落里展示自己的铁骨铮铮。最妙的是夏季，蛙声一片，雨声缠绵，你我躲在凉台下看雨，看人生，不知觉间，沧海成了桑田。

大自然的恩赐是药，可以医治人的痼疾。我的一位朋友，得了严重的心理疾病，遍寻名医，一位年迈的老者让他每天凌晨时分，听露水滚动的声音和花开的声音，那时候，露刚醒，水未开，花在眠，万籁俱寂，人们尚在半梦半醒间接受黎明的考验，这个时刻，也是最静的时刻。

这样的药方，绝无仅有，许多人认为分文不值，但朋友却乐此不疲：每天凌晨四时，无论春夏秋冬，无论风霜雨雪，他会准时出现在花的身旁，赴一场经典的约会。

没有人知道他在做什么？是灵魂出窍，或是哪根神经被天使拽到了挣扎的边缘？但他依然故我地接受着这种天籁之音。

两年时光，荏苒而过，周围的小镇气象万千，高楼大厦日新月异地拔地而起，唯有那花依然，露水依然，人依然。

病竟然好了，好像完成了一件多年未竟的事业，由不得自己不欢喜，请了人在家中赴宴，讲自己的感受，说他终于听到了露水与花打架的声音，还听到了花的自言自语。许多人说他病得更重了，但我却知道，他超然于物外了。

那绝对是一种清新的心事左右下的结果。花自言，其实是人在说，天在看，人在做，地在察。每一天，露水都会打湿你的心事与裙摆，可惜你不知道这是一种吉祥，我们都是梦中人，蒙了盖头，不称职的邮差，能够遇到一滴露水打湿你的心事，你已经是最幸福的天使了。

就好像，你坐在我的身边，我在看云，云说话了：天上没有一朵云是脏的。

你会不会制造美好

(1)

一盏简易的戏台,如灯匍匐于夜空,如电划过小巧玲珑的庭院。不是城市里的简单复制,工艺虽不复杂,但情感却比天大;更没有多少戏子们,一男一女全是主角。

这样的场景刻画在一对老年夫妇身上。妇人有病,忘记了以前的所有,唯独记得自己幼时是个戏子,粉墨登场,一脸烟水地描述着世事无常。

老人花费了大半辈子积蓄,想拉老妇人从旧日的时光中苏醒过来,因为他答应她的,将前半辈子受的苦折算成福,让她享尽人间天伦。

眼泪已经不能证明一切,她不懂,不吃他做的饭,当他是路人。两个人的角色互换过来,以前他安心地享受着她做的美食,现在他进了厨房,下了厅堂,将她当成了糖与宝,每日里小心翼翼地召唤,像初恋情人般地守候。

他告诉邻居们:老了才知道爱的珍贵。

老人突发奇想,在院子旁边的平台上,建了一座戏台。台子小、窄,但足以容纳下妇人的弱,借来的旧家什,锣声开道、唢呐声音从录音机里传来;妇人花枝招展,花是从树上折下来的桃,枝是悄滋暗长的柳,盏是灯盏,映衬着不年轻的容颜。

路人有时会驻足观看，所有人都知道他们的故事，掌声是送给她的最好礼物，不需要呐喊，古人唱戏时会全身心投入，更不用信誓旦旦的虚伪，也无须献花，所有的注脚始于掌声，终于掌声。男人是观众兼职导演、编剧，他一点点地推进她年轻时候的故事。他不知道什么时候是终点，但他只寄希望于明天和未来。

(2)

小女孩每天借着路灯做作业，路灯高高地悬挂着，散射的光芒大多消失于苍穹。守候小女孩的是一个妇人，面摊儿从春天走到冬天，从未停歇。她们一家的生计始于此，小女孩的学费始于此，她们不敢懈怠。

面摊儿的生意一般，特别是在冬日里，没有几个人愿意在这个小镇上在严寒的时刻接济她们，因此，她们的收入聊聊。

小女孩的眼睛疼得厉害，她不敢告诉母亲，而是用冻僵的手抹眼睛上冻干的泪。

一个调皮的小男孩，从母亲手中接过一盏灯，挂在自家的门前，母亲在后面叮嘱道："挂的位置要适当点，爸爸的眼睛不好，怕看不清路。"

小男孩在墙头上调皮地冲着小女孩笑，小女孩将笑容完整地接纳了，毫不保留地保存在美好的回忆里。

小男孩的爸爸回来时，小女孩的作业也做完了，她们在收拾东西，准备回家，这大概是每晚九点左右的光景。

双方并未交流，交流也是一种伪装，人散后，灯灭了，院子里传出笑声。

小女孩的作业做得出奇地好，光源明媚充足，不晚也不早，恰恰落在她的前方，影子被拉得斜长，这样的光源，吸引了下班的人匆匆在她们的面摊前驻足，有些人趁着灯光收拾自己衣服上的脏物，有些人则要一碗热面，扫尽一日的沮丧，迎接明天的朝阳。

(3)

人行天桥，行人如梭，垃圾俯拾即是，这儿是城市的一隅，却也是垃圾处理的盲点。这座天桥地处郊区，附近有几座村庄，行人多，但没有人去关注它的脏与乱，行人会在寒冷的冬日里大骂冻僵的垃圾硌了自己的脚，更会有三两个失恋的少年，借着午夜时分在这儿买醉。

一个老年妇人，不知从何时起，开始清扫天桥上的垃圾，一扫三年时间，天桥变干净了，行人的脸上绽放了红颜，但所有人不知道：妇人是义务清扫，她的孩子就在附近的学校上学，她不想让孩子们整日在肮脏的环境里生存。

妇人于一个冬日突然摔倒，闻讯而来的同学们哭作一团，她的葬礼吸引了无数慕名而来的人参加。

许多人接过了她的衣钵：每天清晨，同学们起得很早，与周围的群众一起，将天桥打扫得干净漂亮。

孩子们说他们看到了老人在天堂里微笑。

世间没有巧合，巧合的只是爱。

人造的美好，无时无刻不存在于世间，变成经典，酿成美酒，千古流传。

迷路也是路，总比无路好

一位喜欢野外探险的朋友，与我分享他的幸福经历。他用幸福来形容，着实让我吓了一跳，野外探险充满危险性，迷路是在所难免的，生命朝不保夕，而他的幸福表现在一种理想、一种超然，更是一种常人所不懂的兴趣。

我自然对猎奇遭遇十分感兴趣，在与他的谈话中，他讲起了关于迷路的话题。

在乞力马扎罗，他迷路了，两个人走散了，他在一座大森林里待了一个晚上。不敢在地上栖息，他选择了树上，渴了吸树液，饿了掏鸟蛋，这样的亲历自然也是家常便饭，好歹他习惯了孤单生活。孤独有时候像一只可怕的老鹰，随时会将他的精神击垮，让人崩溃。

整个夜晚，他都与自己对话，谈过去，说将来，最后集中到了现在，在第二天黎明时分，已经万念俱灰的他重新选择了前进。

在走了一百多次后，他幸运地跨出大森林，但他重新进入了另外一座迷宫：周围密不透风的树，看不到天空，更无法观察到北极星的下落，不敢上树，树上有一种奇怪的蜘蛛，树上是它们的领域，一旦侵袭，毒性大发，后果不堪设想。

他在树缝里钻了一整天时间，鲜血淋淋的，其间，几只不知名的小动物咬伤了他的腿部，他的小腿开始萎缩。

不敢停下来，一旦停下来，死亡是唯一道路。

幸运的是，他遇到了一个猎人，在猎人的小屋里，他大病一场，那个土著的猎人，用放血的方式救了他一命，他头一次感到了恐怖，大哭起来。

那个猎人笑了起来，用土著语告诉他："迷路好呀，总比无路可走好得多吧。"

他豁然开朗，从此后，无论遇到再棘手的难题，他总会想到那位非洲猎人的微笑。

世事艰难，迷路是无法逃避的事实，我们不应该害怕迷路，迷路也是人生的风景，因为你可以领略到你顺风顺水时无法遇到的虎豹豺狼；困难重重也是一种炼狱、一种福、一种超越自我的真正考验，这种考验过后，你就是英雄、就是好汉、就是丰碑一座。

世上有一种路叫迷路，偶尔迷路也是人生的常态，迷路表示你在路上，你仍在走，在走就是一种奋斗，就是前程似锦。

无路可走，才是人生最大的魔障，迷路总比无路好。

爱过了，便是福

冬由来已久，像个女子似的不请自来，我们一双弱手，无法阻挡历史的车轮，就像某场经历风霜的爱情，在主人公郁闷之时，一个坚强的女子翩跹而至。老天不会让每一个人白来世上一趟，爱情是他送给你的最高奖赏。

冬肆虐起来，风无比烈，爱分外妖娆。雪是爱人的笑，一笑白了世界，白了首，白头到老。

春是季节的卷首，卷首要漂亮，人生的一本书，季节的一首诗，因此，春天成为急先锋也是势在必行的结果。就像某个队伍，浩浩荡荡，正气长存，总要给士兵以温暖如春，到了最后，战争进入白热化之时，寒冷是残酷，是血腥，是生命的坚韧性。

尤其喜爱冬天，虽然人困马乏，虽然瘦骨嶙峋，虽然没有来得及剪裁自己的衣裳，冬便妩媚而至。来了就要爱她，便是缘，便是福，媒妁之言有什么不好，虽然没有见过面，但依然似曾相识：我与冬天，秋是媒人，见了她的父母双亲，就这样成就了百年姻缘，要的就是你的性格，铁骨铮铮，你疯狂，我不怕，我有我的对策，你有你的承诺。

雪一定要来，如果哪个冬节，没有雪的光临，恐怕不会蓬荜生辉。

雪来时，风先来，鸟断后，鸟通常如玉一样栖息在风中，有巢，巢是归宿，是爱，是家，谁不渴望一场经典时尚的爱情，谁不奢望有一个安居乐业的家？

冬是季节的跋，残酷是生命的页码，每一行字，除了幸福外，便是哀伤了，但好歹我们该庆幸，因为幸福毕竟要多，哀伤必须要少，否极泰来是生命送与人生的福祉。

没有哪个人的一生可以顺风顺水，伟人、圣人，也曾伤痕累累，也就是说，这世上没有拱手相送的财富与爱情。

那一片雪，躺在生命里已经小憩多年，童年、乡下，月朗冬净，月下的雪，安详平和，仿佛某个人到了生命的最后时刻，言语善良、中肯，不再有谎言，拂拭过往，不需要展望未来，未来就是现在，现在才是最重要的纠缠时光。

雪也是一朵花，我送给冬的花，不算彩礼，礼轻情意重。季节这本书到了冬天，步入了最辉煌的时刻，所有的智慧集结，所有的自由青睐；冬天这本厚重的大书，终归要落幕，坦然面对而不是无比忧伤。人生的冬季也无非如此：对策是必要的，但态度决定一切。

几个调皮的孩子，在冬天里奔跑，生机勃勃，我也跟随着他们，瞬间进入了美好的童年岁月，那时候，车少人多，和谐是主流，爱像宇宙一样持久。

爱过了，便是福，但要铭心刻骨，就在这个冬天，生命骤然停歇，享受雪藏，让你我紧紧相拥，冬眠出一段旖旎的美好未来。

甩笑

一个甩字，用尽平生力气。

我见到了一个甩笑的少年，在旅游区，风景怡人，人多、山瘦，半裹烟雨。少年在苦笑，仿佛世间万象全成了磨难，大家都在躲雨，唯少年在雨中动情地演绎，他不说话，雨浇在他的身体上面，砸得我心中生疼。

不想了解他的秘密，只是看到他将苦笑，变成了傻笑，气贯长虹的那种姿势。不经历沧桑的人，绝无法将心事放下得如此淋漓尽致，一刹那间，他成了一个傻孩子，惹得我这个在茶棚里品茶的老客再无任何心情享受人间美艳。

苦笑、傻笑、讥笑、耻笑、狞笑、微笑、冷笑、奸笑，他手中举着一个招牌，招牌上写着笑的种类，生怕游客们误解了他的初衷，面前摆着一个破铜锣，里面零零散散地有几枚硬币，他的收获并不好，尽管他卖力地甩笑。

他是一个活出境界的人，他的背后一定凝聚着万千沉甸的心事，但他却一直在笑，有笑的人，就是有故事的人，就是在用心生活，虽然有时候也装腔作势，装聋作哑，景区管理员会煞有介事地跑过来，挖苦他，或者是对他的表演大加批判，但他依然无动于衷，不哀求，不愤怒，就是卖力地表演。他的弱势每每换来游客的同情，许多人对他大加鼓励。

时光舒缓，生活总会在一次落井下石后，进入另一个柳暗花明。

我带头鼓了掌，走进了雨中，雨中多了一个中年人，我忘情地蹲在地上，在他的面前，眼中含着泪水，他读懂了我，不再孤芳自赏，脸上成了微笑。

与自己相遇，是一种欣赏，与他人相遇，是一种知音，一笑一辈一人生，一怒一喜夜归人。

我这个一辈子不会笑的人，在这个恍惚迷离的时刻，懂得了笑的真正含义，真正的笑是慰藉自己的，自己才是自己的全部。

雨停了，空山新雨后，踩在碎石上，余笑绕梁。

那个少年郎，早已经收拾了行装，据说他要赶几十里的山路回转家园。

翌日，依然在山中逡巡，意外地，竟然撞见了在小路上行走的他，他捧着书，若有所思，脸上的笑，我从未见过，是那种无法用语言描述的自然而然。

我尾随着他走了十余里的山路，他居然没有发现我，我看到了一间矮小的房子，一个病态的老妇人坐在石前，少年叫他奶奶，老人的脸上阳光明媚，此时的山中，霞光万道。

我不想深究他之所以甩笑的确切理由了，有了这样一个遭遇的过程，再多的结果也只是言过其实，有笑，便是爱，便是财富。

这次旅行，我甩了一大笔的笑给人间，虽然我的笑不值钱，但至少表明，笑着总比哭着好，会笑有笑的人，便是有福的人了。

小闹怡情，大闹伤身

闹字，缘于喜，倾于悦，与幸福有关，和团圆有瓜田李下之嫌。

历史热闹无比，家庭闹腾和谐，岁月欢闹雀跃。一个闹字，袖里乾坤，管窥见豹。

大闹是乱，小闹是欢喜，这是一位朋友说过的话，朋友是位女生，一向崇拜爱情，但经历过风云际会，曾经改变过自己的爱情观，认为爱情一无是处，但恰恰是在生命的中间地带，她邂逅了另一场平淡如水的爱情，让她彻底改变了自己的观点。

朋友是个爽快的人，性格上与原来的男友格格不入，因此，隔阂明显，不快始终占据着爱的高地。与他吵架，他不喜欢，索性便要离婚，没有几个回合，一场爱事不欢而散。

那男的说她爱闹，一个闹字毁了她爱的前程似锦。

她的确爱闹，不高兴时哭鼻子，高兴了眉飞色舞，每次朋友聚会，她都要成为众星捧月之人，唱歌时不要原腔原调，改得滑稽无比，天生就不是那种平庸之辈。爱情由闹开始，也在闹声中结束了，朋友想到了轻生。

多么一场华丽的爱事，竟然匆匆收场。

大病一场，性格由外转内，不相信爱情，遇到别人和谐的一对儿，她便会眉心发疼，忌妒之心油然而生。在后面的岁月里，十几个男生曾经表达过他们的铁骨铮铮，但均被她一双玉手轻轻化解掉了，从此后，在她的天空里，爱情生事造谣。

十年时间，沧海桑田，她成熟了许多，"奔四"的女子，如果再不爱，恐怕这辈子再也找不到中意的爱人。

一个小她十岁的小伙子，成了她的学生。她弹得一手的好钢琴，业余时间办了个钢琴班，那个学生，清纯无比，刚刚从一场无果而终的不爱中苏醒过来，用音乐疗伤，酒入愁肠，月朗风清。

她竟然恰如其分地成为他疗伤的人，一场场单打独斗的钢琴课，让他们产生了相慕，某个傍晚，趁着暮色四起，男生轰然拜倒在地，当时当景，华灯初上，一颗踟蹰多年的心灵，刹那开了门、落了锁。

就这样再次轻信了爱情，她婚后不敢由着性子来，遇到矛盾的事情，也是紧闭双唇，谁叫自己不再有倾国倾城之貌？

男人的心总是轻浮无比，那个男生终于厌弃了她的苍老，在某个夏日，她看到了他竟然与一个小他十岁的女生站在一起，性格作祟，闹了起来，藏在内心深处的格格不入。

打了那女孩子，男生竟然乖巧起来，在她的面前勇敢承认错误，从此后再也不会越雷池一步。

"家庭中，小闹是一种策略，不闹才是傻与不会爱的表现，大闹是不敢来的，一来便会天崩地裂。女人呀，要学会闹，在闹中学会了如何爱、如何生存？"

她总结的爱情观让我们由衷佩服。

小闹怡情，大闹伤身。在生命、爱情的风云变幻中，闹也是一种璀璨的力量，光彩夺目。

小闹是雨，云与水结晶后的欢庆；小闹是福，不闹没有情趣。我们邻家的母亲，刚生了个儿子，起了个名字叫"小闹"，别出心裁的名字，好名字。闹才是健康，才是欢喜，才是会爱敢爱的表现。

好消息是宝，坏消息是贝

人们每天都在盼望好消息降临身边。好消息是爱，是富足，是相爱成功，更是殷切的期望，是前方点燃的灯。

没有人喜欢坏消息，比如说天降大雨，惊闻噩耗，学生考了个坏成绩，不愿意告诉家人；今天我失恋了，我喝醉了酒，闯了祸。

这是所有人的共同点，坏消息就好像一盏熄了的灯，一台坏了的电扇，毫无吸引人的地方。

我遇到一个孩子，考试成绩很差，几乎每次考试均是最后一名，这无疑成了班里乃至校园里最固定的一道风景了，好像是他的专利。

他十分渴望一次好成绩来振奋精神，但上天从不眷顾于他，他每天郁郁寡欢。于是，他想到了作弊。在一次考试前，他以高昂的代价买到了一份答案，他喜出望外，好像捡到了一个大便宜，又如品了千年佳酿。

那次成绩，无异于一颗原子弹，在整座校园里炸响，辐射的放射线电波震动了一个多月时间。他自豪无比，老师看自己的目光也温柔了许多。

但不久后终于东窗事发，有人举报了他，说他是"窃题大盗"，不仅如此，卖题的同学也受了影响，他面临着一次致命的选择。因为按照惯例，结局只有一个，就是回转家园，从此后与青风麦穗为伍。

想起家中病弱的母亲以及外出务工的父亲，他头一次泪流满面，是发自肺腑的。由于认错态度良好，他得到了一次改过自新的机会。

箭在弦上，不得不发，不成功则无法回头。

但他的基础太弱了，于是，坚持一段时间后，他想到了退学，班主任老师头一次名正言顺地叫了他进办公室，没有牢骚，只有简单的开导之语，老师最后说道：

"看是坏事，其实未必。坏消息与好消息从来不是绝对的，窃题事件发生后，对你来说是坏消息，同时也算是好消息，你终于发现了自己的缺点，现在还来得及，没有哪个消息比这个更能令人振聋发聩了？

"好消息是宝，大家都喜欢，但坏消息也是贝呀，众所周知，贝中有黄金，有水晶，它平日里以谦恭的态度生存，但只有你努力了，坚持了，总有一天，能够摘取掉藏在贝中的黄金。"

这样的开导简直就是神来之笔。

小男孩是在瞬间长大的。人生就是这样，有时候，一次磨难可以让人醍醐灌顶，一次打击可以让人破釜沉舟。

好消息是宝，宝谁不喜欢？但坏消息通常是好消息的前兆，这世上没有无缘无故的错与对。

坏消息爱隐藏自己，藏得够深，你不靠勤劳、勇敢、智慧和爱，根本无法驱赶坏消息，从而让好消息立于不败之地。

这便是属于你我的辩证法。

遇一场雨，逢一场爱，化一场斋

饱经失业痛苦，于某个中午时分，找某座不知名的小山，本来想寻找一处风景安慰自己。我设想的风景是：阳光普照，恩泽万物，没有几个人，路遇某酒馆，尽情畅饮，将所有的阴霾一扫而光。

恰恰是半山腰，雨来了，不可控制的来，或大或小，或偏或倚，湿了衣裳与心事，心情颓废至极，恨不得找个避雨的地方。至于酒馆，更是可遇而不可求的奢事了，好歹看到了一处茅屋，我猜测着一定是卖食品讹人之所，却不是，我走的不是正途，这儿已经偏离了风景区设置的轨道。遇到的是好人，一个年迈者，半杯酒，他说酒多了对身体无益，他活了98岁，无儿无女，心无挂碍，每天半杯酒。

忽而大悟，遇上的雨，虽然不是自己思想里的雨，但遇上了，便是一种好，就得让好上加好；这世上，没有为你设置的生命专场，你不是神，你是凡人一个，就得遇山是山，逢岭是岭，心情是自己掌握的，遇上一场雨，便是世上最好的雨了。

朋友小乙，遭遇了世上最惨烈的爱情，原本刚毕业时，与老妈精心安排了自己的婚姻生活：女友当如何？生的孩子当如之何等？挑来挑去，成了剩男，三十好几的人了，爱情果子一点儿也没有成熟的迹象。苦于无奈之下，在相亲会上，与一位大自己三岁的剩女结合在一起，婚后二人世界全是惊心动魄，吵翻了天，互相说对方骗了自己。

挣扎了三年，我猜测他们的爱情一定走到了头，需要改朝换代了，但他们却恩爱起来，小乙叫女子姐姐，看得我直想吐酸水。小乙道：现在要适应爱情，遇上了便是好的，总比那些没有找到爱情的幸福吧！

我的祖父，一生精于寻找古玩，他收藏了一枚秦朝的瓦罐，价值连城。据说是一次终南山偶遇，一位长者，以高昂的价格卖给了他。他喜出望外，却在某个清晨时分，发现了破绽端倪，仔细鉴定之下，这枚古玩，竟然是赝品。大半辈子的家当付诸东流，祖父一直为此事耿耿于怀，曾经想过与那人报仇雪恨，但茫茫人海，何去寻求？

三十年时间，荏苒而过，祖父将这古玩当成了珍品，不让人随便碰，外界更是传言，这古玩倾国倾城，许多人上门求见真颜而无果。

祖父去世当年，将这枚古玩献给了市博物馆，果然是假的，但它的收藏价值已经远远大于它的本身价值了。祖父是笑着离开的，他告诉我的父亲：遇上了，便用了一辈子爱他。

爱是要适应的，不是你的随心所欲，更不是无所适从。世上并无真正的金玉良缘，恰巧遇上了，就是好，就是缘，就是合适，就要适应而非始乱终弃，这山望着那山高。

遇一场雨，逢一场爱，化一场斋，这就是自己的菩提与爱，也是上天赐予你的陈年旧缘，梦需要自己圆，花开总会有结果。

第三辑

借一段时光，去疼你

爱一个人是福，是上天的故意安排，更是你的灵巧面对。爱人也是用来麻烦的，你不必将所有的疑问藏在自己的心中，爱人就是替你分忧才来到世间的，你可以将自己的痛苦与他分享，他有玉手，可以为你解答所有的疑问。

是自己，偷走了自己的爱

离婚后，他胸中时常隐隐作痛，对前妻总有一种莫名的感慨与遗憾。

他们是真诚地爱过来的，发过誓，割过脉，但在柴米油盐面前，所有的承诺一下子成了过眼云烟。平淡如水，味同嚼蜡，这样的爱情，如果再没有一丝一毫的风生水起，如何可以相濡以沫？

争吵是常事，在家中吵，在孩子的学校吵，在他的单位也会喋喋不休。他是一位企业的高管，如何经得起如此多地纠缠，于是，索性离了吧，散了吧，如风如雨。

僵持了一段时间，他不得不请了长假，去医院看病，再去心理医院看心理医生。

医院检查的结果无大碍，就是说他太累了，身体依然像年轻时候一样棒。

一定是心理出问题了，他推开了一家心理诊所的大门。

一个戴着口罩的女子，身材矮小，替他诊脉，其间，她一直咳嗽，他忍不住道："你注意身体吧，感冒了吧。"

她抬眼看他，他却意外地感到了一种从未有过的熟悉，但电光火石了片刻，便被她嘶哑的声音惊醒了："一个病人，管得了医生吗？"

他向她讲述自己所有的不幸，包括可怕的爱情，对方不说话，就是拿着笔在日记本上不停地记着。她在寻找医治他的良方。

他一口气讲了两个小时,然后停下来,等待对方回答,但她却示意道:"继续讲,没讲完呢?"

还有吗?对了,还有她,自己对她的确严酷了许多,钱是自己管着,她没有活动的自由,原来大度,时间久了,总是生疑,生怕她会拐走了自己的钱财,还有,她去会朋友,他则暗中跟踪,怀疑她红杏出墙。

"你果然有病,病得不轻。"医生一句话,总结得十分精辟。

一个方子,摆在他的面前,只写着一句话:"找到前妻,向她道歉。"

"我有错吗?错在她。"他刚想发怒,对方则拍案而起:"你想不想治好自己的病?"

眼睛中尽是锋利,由不得他不可一世。

他思考了半天时间,才果断地敲响了她的家门,孩子叫了他爸爸,他感动得不得了,抱了孩子。

眼前的她,依然勤恳万分,小小的家,收拾得井井有条,脸上有笑,一点儿也看不出忧郁。

他向她道歉,她却不接受,让他赶紧走,临走时,她提醒他:"别总是啃方便面,你有胃病。"

那个晚上,他一个人下厨,为自己做了一顿饭。才知道做饭的不易,菜不会择,下进锅里,竟然有尘土;油搁多了,火苗旺盛地冲向九霄,燎了他的眉,燃了他的胡子。

"是谁偷走了我的爱情?"他问医生。

"不是岁月,不是年纪,而是你的心。"医生确切地告诉他。

第二道方子,药引依然吓人:继续找到她,与她复婚。

这怎么可能？她会愿意吗？刚想发问，对方却偃旗息鼓，关灯打烊了。

喝多了酒，哭了个痛快，朦胧中，却接到了乡下母亲的电话："你个崽子，她多好呀，赶快找回来，这是政治任务。"

他变成了另外一个人，每天早起，锻炼身体，业余时间，便是跑到学校接孩子，晚上便守到她的门口，虔诚地做守护，由不得她不感动，半年时间，爱情恢复如初。

他跑到心理诊所里，见到了那个医生，医生脱了口罩，竟然是她的闺密。

不用解释了，感谢还来不及呢？交了费用，领到了最后一个良方：在余生里，别再让自己偷走自己的爱情。

在爱中，可以适当用些道具

爱他，却无从下手，他老是矜持，不肯轻易接受她不可一世的爱，她欲哭无泪，曾经想过以轻生的代价逼迫他就范，但一想到这样会伤害对方的尊严，所以，她投了弃权票。

她已经爱了他多年，他是一位公司的高管，虽然步入大龄化了，但依然不肯轻易谈情说爱，她无数次地向他表白过，但他从前受过爱的伤害，因此现在，怕了，累了。

怎么办？等待还是主动出击，她踌躇不前。

那天，她巧遇了他的妹妹，妹妹正要去见一个男友，其实就是相亲罢了，她不知所措，以前没有经验，但架不住母亲的软硬兼施。

幸好遇到了她，哥哥的同事，出谋划策的高手，她几句话分析，便让妹妹臣服了。

二人相约着前去见那男子，一个十足的海归，说话阴阳怪气，妹妹语塞了，被对方数落得体无完肤。幸好她在，她唇枪舌剑，一席话，让他的缺点暴露无遗，他窘到了极点，妹妹对她跷大指称赞，从此后，她竟然成了她的闺密。

周末，她与妹妹相约着去看他的母亲，一个出手阔绰的老太太，丈夫早亡，对儿子的婚事愁肠百结。

妹妹让她解老太太心中的忧，她草草道："让你哥找到可爱的人，娶了不就是了。"

如此地轻描淡写，妹妹无可无不可，母亲在旁边却喜上眉梢："看来，姑娘早是成竹在胸了。"

不解释，解释多了，便是怀疑，她只是下定了决心：爱他，先要从他的母亲下手。

她三天两头地往他家中跑，成了常客，遇到了他，他尴尬万分，她则游刃有余，惹得旁边的老太太哈哈大笑，妹妹忍不住骂哥哥："你每天相亲，身边有这么好的小萝莉，竟然不好好珍惜?"

他张口结舌，但心中的痛却隐隐传来，他不敢轻易去爱了。

海归与妹妹竟然恋爱了，不是别人的功劳，竟然是她出的馊主意。他质问她，她则回答道："再多的解释没有用的，他们真心相爱的，这就够了。"

果然如此，虽然剑拔弩张，但妹妹依然对那个海归念念不忘，这已经够了，何必纠缠于许多的对与错，能够相爱相守，就是最大的收获了。

老太太喜欢跳街舞，但跳得不好，总是在别人面前跌份，她业余时间学习街舞，将老太太培训得花枝乱颤，简直成了众人眼里的焦点人物。不仅如此，一个小她六岁的老头子，竟然与她情投意合，一切均在暗暗地发展，他明白味儿时，母亲早已经找到了后半生的依靠。

这样一位可人的形象，母亲苦口婆心，妹妹旁敲侧击，而此时，她意外地收到了家中催婚的消息，买了火车票，准备打道回府。

他着急了，此时的他，才意外发觉，自己已经悄悄爱上了她，一刻也不能离开了。

他与妹妹还有母亲，风风火火地向火车站赶，远去的列车，一声长啸。

他痛苦万分，请了假疗伤，却意外地听到了客厅里的声音。

"姐，不，叫你嫂子吧。"是妹妹的声音。

"别瞎说，你哥没答应呢？"

是她，开了个小小的玩笑。

他几乎像一支箭一样射到了她的面前，跪倒在地，算是求婚吧。

一个聪明伶俐的女孩子，用一些伎俩，竟然收获了一辈子的爱情。看来，爱情的确需要一些非同寻常的手段与道具，虽然有些暗度陈仓之嫌，但只要得到真真正正的爱情，伤一次大雅又如何？

爱人，也是用来麻烦的

一夜之间，白了少年头，苦心经营的一家公司，由于资金不畅而链条坏死，公司进入倒闭倒计时。

很少回家，所有的苦痛要自己来扛，想起恋爱时的铁骨铮铮：买一栋别墅，与她相守到老。但现实却很残酷，他不想让她替自己承受无名之痛。

但她却来了，很少来他的公司，以前，她只是贤内助，在家中教养孩子，将孩子打扮得水灵清澈的，眼睛里尽是春水，人见人爱的孩子，谁见了都说汲取了他们俩身上的所有优点。

他努力挣扎着笑脸相迎，孩子在他面前撒娇，他曲意逢迎，她则一句话不说，翻看他们公司的报表，然后信誓旦旦地跑到了其他办公室里观察，然后，她冰雪聪明地来到了他的身边，要求孩子从他的腿上下来，让他到旁边玩耍去。

"你有麻烦了吧?"只一句话，他便泪流满面。

她将他的头搂了过来，在自己的怀中，做了长久的停留，他像个孩子似的，难受得要命。

他向她倾诉了自己的所有不快，包括创业时的艰辛，还有如今的困境。

"我以前做得不好，只知道在家中周旋，其实，我早就应该帮你。"她承诺着。

"你如何帮我？现在，最缺乏的就是资金了。"他擦干了眼泪。

"别忘了我的专业，管理学，更别忘了我有一帮闺密，虽然长年不见面，但网上没有少聊天，也许，她们会帮助你的。"她笑了起来。

"谢谢。"他忍不住，终于脱口而出，觉得十分陌生，就好像多年以前，两个人是陌生时一样的谦恭。

"你这人，爱人，是用来麻烦的，知道吗？"

这句话，他头一次听说，但觉得十分温馨。那晚，在她的怀里，他睡得舒服安心。

他感觉对不起她，半年前，他认识了一位娉婷的女孩子，愿意嫁给他和他的钱财，当时，他心动了，二人交往已久，就差揭露事实后，与现在的她摊牌，然后便分道扬镳了。

如果不是公司的事情，也许，她早已经被取而代之了。但现在的情况却是，她逃之夭夭，她是决然不会与他分担苦痛的。

早上起来，她却不见了，孩子早送去了学校，而她早已经驱车去见了闺密们。半月时间，三下五除二，借钱融资，几百万打进了公司的账户里，公司解除了困境，运营进入正常化状态。

才知道，她有如此广的朋友圈；

才知道，有这样一位爱人，是多么幸福的事情；

才知道，自己差一点进入万劫不复之境。

以后的工作与生活中，他经常会遇到如花似玉般的女孩子，她们纷纷表示欣赏他的才华与财气，但他却一笑置之，他就像一个犯过错误的孩子，更记得那句发自肺腑的箴言：爱人是用来麻烦的，但爱情却不是用来拈花惹草的。

爱的双方，无所谓错与对，只要通过双方的举手表决，再错误的观念，也可以熠熠生辉。但爱的过程中，最忌讳的却是妒忌，良心烂了，再多的誓言形同虚设。

爱人是用来麻烦的，你爱她，她爱你，爱的不仅仅是彼此的优，还有对方的劣，能够互相弥补缺憾的爱情，才是世上最圆满的天作之合。

你才是他的红粉佳人

她没有想到，与他离异半年后，竟然在火车站与他不期而遇。他依然是风度翩翩，她依然是楚楚动人，在火车站广场上，她看到了他，正费力地追赶着火车，火车窗口里，映现着一个女孩子骄傲的背影。

两杯薄酒，共叙分别后的情话。

她没有再婚，而是一个孤独的江湖侠客，她想通了，要做一辈子单身贵族。

女孩子是当初他与她分手的理由，而他的大男子主义与女孩子的性格格格不入，几次相处都争吵不休，甚至有一次竟然大打出手。

"女人是让人疼的，你改不了这个毛病。"女人嗔怪着。

"如果需要，我可以帮你，前提是你要改变自己的臭习惯。"她不可一世地发起火来，将他所有的缺点暴露无遗，说到痛处，竟然骂了起来。

女孩子坐火车去了异城，他痛不欲生，心里想着如何才可以让自己的爱情转危为安。

由于喝多了酒，他的老毛病犯了，他醒来时，竟然发现自己在女人的家中，他无法掩饰内心的慌张，而她则中规中矩地收拾饭菜，化自己的妆。

女孩子得知消息后，竟然打上门来，这是始料未及的事情。

她骂女人无耻，骂男人始乱终弃，天底下所有难听的话语她如数抛出。

"这么多年了，你依然念着她。"女孩子拍门而去。

她依然不慌不忙，一脸优雅的表情："如果在过去，我肯定会大发雷霆的，现在无所谓了，气大伤身，我没做亏心事，不怕妖精上门。"

他收拾了行装，风风火火地出了她家的门，找了许多人去说和此事，但女孩子就是不依不饶，许多中间角色吃了闭门羹。

怎么办？难道就让爱情随风飘散吗？他做出了最坏的打算。

每日里酗酒成性，自己的身体每况愈下。

当初，那个决绝离开自己的女人，竟然踢开了他的家门，在他的家中，她为他煲粥、熬中药，将他当成了亲人，夜晚时分，替他守候点滴。许多人说他们复合了，他的家人也打来电话庆贺他们。

那个女孩子，早已经哭成了泪人儿，每日里以泪洗面。

所有的人都以为这样的故事该收场了，而她则在某个黄昏敲开了女孩子的蜗居，岁月早已经将她修炼成了真的仙子，走路时带风，半个楼板都轰隆作响。

她坐在女孩子面前，对她说道："你如果是任性，你是得不到幸福的，他身体那么差，你仍然如此作践自己和他，如果生命没了，拿什么谈爱情？

"他如此爱你，每天晚上做梦都叫你的名字，我拿什么身份有机可乘？

"你才是他的红粉佳人，我只不过是他的前尘往事，且行且珍惜吧，错走一步路，便是万丈悬崖。"

那个当初与他决绝离婚的女子，竟然以这样的方式重新撮合了他们的爱情，不是我的，我不会强求，你才是他的红粉佳人。

度量是一个女子成熟的标志，而在爱情面前，能够拥有如此胸怀的女子，更是世间难求。

写一封时光信，送给一个老男孩

亲爱的老男孩：

生生地记得，上大学时对您发下的誓言：待您满头华发时，我们做朋友如何？

现在，我要履行自己的诺言。您用一生的勤奋为我做了一个表率与榜样，我一直在效仿，虽然您固执、生硬，有时候不讲情面，但现在看来，这却成了我能够腾飞的动力。原来，您早已经为自己的爱设置了一种叫成功的自动回复。

您第一次揍我，是在小学。那时候，天真烂漫，要命的无邪，弄坏了人家的花，踢了人家的门，您不得不变本加厉，将我的屁股打成了海棠一样的花形。那时候，我就想，屁股开的花，一定是世界上最残酷的花喽。您没有心疼过我，后来才知晓的真相，您躲在门缝里，时时刻刻关注我的动向，我的每一声哀鸣，对你，都是一种无形的折磨。

但以后的岁月里，您揍我成了常态，也成了您的必修课，如果哪一月，我的屁股不开一次花，就不符合自然规律了，因此，我与母亲开玩笑说：天天开花，我们的家中，每天都是春天。

第一次与您发生争执，是在中学。我的喉结突出，自以为成了校园与家中的老大，不可一世，妄自菲薄，我动用了自己所有的能力，起草了一封送给同桌的情书。没有想到，东窗事发，大白天下，情书被您锁定了，绑了票。

您的手打得我有些疼了，因此，您用唇枪舌剑企图说服我的早恋，而我则义愤填膺，在您的软弱面前，我强了势，结果是我离家出走。您与母亲找了我三天三夜，最后，在一个河边发现了我，当时当景，历历在目，时光突然间老去，我偎依在您的怀里，第一次有了温暖。

争执在所难免，每一个父亲，都要与自己的孩子成为矛盾的统一体，孩子叛逆，这是基因与一脉相承的脾气，空间维度不一样，世界观也迥异万分，曾经在一段时间内，我们一直纠结着，直到时光无情地老去。

第一次发现您老时，我已经大学毕业了。为了工作的去与留，我与您在酒桌上"狭路相逢"，酩酊大醉之际，我发现眼前白光闪烁，才知道无情的岁月已经剥去了您想爱的权利。爱一天天少了，我选择了退出这场与时间的追逐赛，我败了北，以后，我留在了县里，与您与母亲的距离近些，我心安，您理得。

现在，我们成了真正的朋友，我可以与您聊政治、军事，还有无人问津的轶事，您可以与孙子逗笑，还可以像个孩子似的与孙子滚作一团。没有任何关系，这是朋友之间贴心的交谈，可以交心，更可以知命，还可以肆无忌惮地议论纷纷，这儿是家，是天堂，是每个人心中最温暖的向往。

时光已经老去，不服老的您，终于有一天，败在了时光的刀光剑影里，没有关系，我已经接下了您善良的衣钵，对人对己对天对地对父母亲。

接下来，再陪您四十年是我的重要政治任务，我会用心全力以赴。

一个中年小男孩的回复

××年×月×日

拼命挣扎

19 岁那年，他的高考梦想意外折戟沉沙，复读是最基本的概念了，家中没钱，父亲愁眉苦脸，母亲东奔西跑无果，他痛苦了一个晚上，想好了，与同学们一起去南方打工，贴补家用。

第二天一早，他见到了父亲，父亲的手却受伤了，纱布外面明显有血的痕迹，他不知如何问询，父亲却摆摆手，示意他没事。

他懒散起来，与一帮狐朋狗友们围在一起喝酒，宣泄内心深处的迷茫，喝多了，就是骂命运不公，说家境不好，说谁谁谁家中富可敌国，说自己的父亲无用，等等。

父亲找了他半天，终于在一家小酒馆里揪住了他，当着那么多同学们的面，他打了他，下手很重，他没有想到，一向老实巴交、内向少言的父亲，竟然揍了他，他不敢还手，但内心却激动万分，心里面骂道："惹急了，老子离家。"

没有多说话，他被关在家中做禁闭，面壁思过是父亲从小的教育方式。

两只莫名的蜘蛛，拼命地撕扯着一只小黄虫，虫子不甘失利，垂死挣扎。

生命都是这样，无时无刻都要准备接受各种残酷的现实。

一周后，收到了县一中的复读通知书，他觉得意外，但不敢多问，收拾了行装，与父亲简单告别，进了学校，埋头苦读，风餐露宿，除了休息就是学习，近视镜度数提高了，背驼了。

他从不回家，与父亲赌了气，他要利用一年的时间考上重点大学。

父亲来看他了，垂垂老矣的父亲，已经没了当初揍他的风采，大蛇皮口袋里，除了零钱外，便是找来的一些废旧资料，虽然没用，但他不表示反对。

终于考上了理想的大学，全村皆大欢喜，父亲喜上眉梢，破例摆了酒，喝了个酩酊大醉，喝晕了，猛然一摆自己的拳头，却立即敏感地收了回来，父亲的拳头有伤。

大学里，他谈了恋爱，又一次，他与父亲有了冲突，毕业那年，他却意外地告诉父亲，他与那女孩子分手了，他愿意接受父亲在县城结婚的心愿。父亲大喜，但后来，父亲接到了一个电话后，与母亲风风火火地闯入了市里。

他与那女孩子，未婚先孕，女孩子知道分手的消息后，喝了药，仍在重症监护室里。

父亲又一次揍了他，虽然无力，但十分顽强，他恨不得将自己所有的力量用完，替那女孩子讨一个公道。

他却不依不饶："都是你们，如果不是你们反对，我们早结婚了。"

父亲蹲在墙脚根处，老泪纵横，对方家人的纠缠，加上过多的医药费用，让老人痛苦到了极点。

好歹苍天保佑，转危为安，父亲做主，要求他娶了她回家，她体弱，从此后，需要一双强大臂膀为她撑起一片天空。

这是最佳的处理方式了，从此后，两个经历劫难的年轻人，终于拨云见日。

父亲病危，他与妻子带了孩子回家，他本来计划好了，等有钱了，接父亲进城里享福，从此后，天伦永叙，再不分开，但时间太短，梦想太长。

替父亲收拾遗体，他看到了父亲的拳头，有一个深深的伤口，他不解，眼泪汪汪。

母亲讲了那晚的故事：

父亲为了他的学费，不知所措，他已经做好了最坏的准备，让他回家务农，父亲无意中抬起了拳头，一枚朝上的钉子，正钉进了父亲的拳头里，父亲费了半天时间，才将外面的部分去掉了，但从此后，有一部分钉子的残骸永远留在父亲的肉里。

疼痛让父亲顿悟了，再苦再难，也要迈过这个坎儿。

他找了医生，替父亲挖出了那枚埋了二十年的钉子残骸，早已经与血肉融在一起。

是父亲的垂死挣扎，改变了两个男人的一生。

有一封失恋信，就藏在十年前

父亲越来越老了，每天都牵挂着她的婚事，他平生最大的遗憾就是没有张罗好女儿的爱情，三十好几的人了，一直形影相吊。

为了讨好父亲，她破例答应了一个小子的"无理要求"，从此后，他们要好地同居在一起。那个小子，小自己五岁，但会疼人，每天姐姐的叫个不停。父亲见到他后，一见如故的感觉，竟然对她说："他注定会成为我家女婿的。"

父亲愿意，她何乐而不为？好歹是宽慰了父亲沧桑的心灵，父亲的病痛也好多了，每天里乐此不疲地做自己喜欢的事情。

那天回家，她脾气不好，由于在单位里受了气的缘故，对父亲也是不冷不热的，老父亲，坐在她的面前，他喜欢听女儿的唠叨，女儿唠叨的样子，像极了她病逝的母亲。

她在整理旧时的物品，有些东西，太老了，如果不翻出来扔掉，是一种累赘。

竟然找出了十年前的一封失恋信，她看了许久，想起昨日的种种浪漫，自己错失了一场风花雪月般的爱情，一错就是十年，生命中有几个十年？她禁不住泪流满面，这一切，年迈眼花的父亲看在眼里，忙不迭地为她递纸巾。

第二天一早，竟然收到了父亲的短信，刚买的手机，父亲不会打字，竟然写了个乱七八糟。她拨通了电话，对父亲一顿埋怨，父亲想说什么，但由于开会，她迅速地挂了电话。

当天上午，姨妈竟然找到了单位，一顿宽慰她的心："孩子，没事的，天涯何处无芳草，我们重新再找一个。"

"我恋得好好的，干吗这样咒我呀。"云里雾里时，电话却响了，几个要好的闺密，晚上拉扯她出去吃饭。

大家坐在一起，她们的表情十分复杂，她不知所措，几杯红酒下了肚，几个帅哥便光临了，全是她们介绍给她的，她大骂她们："我已经有了佳子了，你们要我命吗。"

"别较真儿了，又失恋了，难免，你这脾气，太大了，以后要改改。"

"就是，老妹呀，不小了，不能太挑了。"

全是无中生有，她想解释，却语无伦次，架不住她们的高架炮，将她数落得一无是处。

正巧，那边佳子的电话打来，她没好气地大骂了对方一通，然后尴尬万分地看着大家惊异的表情。

到了这个时候，她才明白，自己被失恋了，谁作的祟，自己好不容易过个安心的日子，谁种下的蛊？

当天晚上，没有回家，自己住单位里疗伤，没有想到，保安却打来了电话，她的老父亲，一直守候在大门口不肯走，眼神失落，一脸沮丧。

谁欺负了父亲？为什么中伤的事情接踵而来，她忙不迭地下楼，看到父亲没事，她又埋怨起来。

父亲只说了一句话，掉头就走："娃，我不催你了，随缘吧。"

全是莫名其妙的事情，她无可无不可，眼泪禁不住流了下来。

才弄明白事情的原委，原来，自己将那封十年前的失恋信落在了家里，老父亲老眼昏花，竟然错当了今日的失恋信，他动员了所有的力量去劝慰她，生怕她想不开。

一夜之间，父亲衰老了十年，两鬓斑白，她没有想到，自己在父亲心中的位置已经超越了自己，她是父亲最柔软的伤口，她一动，父亲不安；她是父亲嘴里的糖、手中的宝、头顶的天。

她请来了佳子，向父亲说明了原委，老父亲终于听明白真相了，他大喜，拉着佳子的手，一个劲儿地夸他好。

她扯了扯佳子，在父亲面前发誓，佳子语气生硬："爸，我们一辈子，都不会离开的。"

收回为你种下的爱情蛊

分手了三年，她一直关注着他，不单单关注他的一言一行，更因为，他带着他们的女儿孤苦伶仃地艰难生存。每逢与女儿相逢，她最关注的便是他的生存状态，在女儿的心中，他是高大的父亲，女儿一直对当初她的决绝感到气愤，曾经好长时间与她冷战。

已经回不去了，现在的她，已经重新嫁了人，现任是富翁，万贯家财，更要紧的是，现任体会过以前婚姻的不愉快，对于现在的她，加倍珍爱，她就像他手中的宝，不可能让别人随便抢走。

她曾经以各种各样的方式补贴他与女儿，均被他无情地拒绝，他绝不要女儿食嗟来之食。

他一直单身，兴许是自己当初种下的爱情蛊起了作用：她当时是痛快，现在却寝食难安。当年当景，历历在目，为了报复他的不可一世，她竟然当着他的面，说了许多不着边际的话，谩骂、威胁，甚至威逼利诱，她最后告诉他：你一辈子也不会找到心爱的女人。

这样的蛊，现在看来，只是一时气盛而已，她多么渴望让他重新拥有一个疼他爱他的女人，他需要安慰，需要关怀，尽管回不去了，如果能够回去，她宁愿重新选择他，他是知心、知性的男人，不仅仅是一个好丈夫，更是一个好父亲。

她得了心病？晚上做梦时，一直为那爱情蛊而郁郁寡欢。疼她的丈夫竟然发现了端倪，细细询问之下，她在某个午夜将心事和盘托出。

本来以为他会怒火中烧，已经再婚了，你竟然如此惦念以前的男人？而现任却没有，他替她分析，讲道理，天底下竟然有如此包容大度的男人？

"种下的蛊，是可以收回的。"两个人窃窃私语，商量好了一条计策。

已经工作的女儿领了一个保姆回家，保姆中年丧夫，这些年一个人形影相吊，女儿心疼父亲，找一个保姆替他料理日常家务。

每天在家中，有了一个与他说话的人，才知道这个女人竟然如此贤德？每天辛苦地打扫卫生，将出门应酬的衣服熨帖整齐，日常家务，包括他的起居生活照顾得无微不至，上哪儿去找这么贴心的女人？

他竟然动了心，动了心的是双方，女儿筹划，两个人迅速地跌入了爱河，不可自拔。

一来二去的，一年以后，竟然到了谈婚论嫁的光景，双方不再僵持了，与其死守着，倒不如好好地爱上一场。

婚礼当天，竟然许多人不请自来。特别是看到了自己的前妻，女儿挽着她的胳膊，一脸笑意。

尴尬万分，她是来踢场子的吗？难道就是要咒我一辈子难以幸福？他胸闷难忍。

"我是新娘的亲戚？为何不能前来？"原来，新娘竟然是她现任的堂妹。

她却是来送祝福的？接过司仪手中话筒，她与她的现任一起向他们发出幸福的承诺。

"三年前，我自己种下的爱情蛊，今天终于收回了，愿我们每个人都拥有自己的幸福生活，我祝福你们。"

她的现任，将自己的堂妹介绍给了他，皆大欢喜的收场，这样的爱情，比吃醋、撒娇、忌妒的结局要丰满了许多。

"这真是一场蒙太奇般的爱情故事。"观众们拍红了手，为他们这样圆满的爱情结局而赞叹。

四双手紧紧地握在一起。

一个老父亲，为儿子做按摩

一个年近六旬的老人前来娱乐中心应聘，要求做专业按摩师，我问他："您有几年经验？"他摇头表示从零开始，我又问他："您要求薪水是多少？"他说不要薪水，就是想来学习。

我没有答应他，但三天后，大堂经理竟然带着他介绍给我："这位大爷，交给你了，认真点教他。"

迫于这样的面子，我只好点头称是。

他笨手笨脚的，但人十分勤奋，由于手粗糙，他不得不将自己的手心里抹满了油，害怕给客人造成不良的印象。

一个姓冯的顾客，几乎每晚都来按摩，听老总说，他是一名企业家，每天工作很累，废寝忘食的那种人，但他身体状况不太好，身体老是出现酥麻的症状，除了用药外，医生嘱托他每天做专业按摩。

每逢冯总过来时，老人总是蹑手蹑脚地接近我，要求与我同行。我是中心的资深按摩师，他是想偷师学艺而已，开始时我不答应，一顿酒请了我后，我无可无不可。

老人总是戴着口罩，嘱托我小心点，小心翼翼的样子，好像我成了丫头，而他成了主子。

半个月后，他要求亲自为冯总按摩，我当然不同意，但架不住他的软硬兼施，我嘱托他一定要小心点，这个人得罪不起。

第一次按摩时，他十分紧张，生怕手法不好，我在旁边打下手，用眼神一直交流着。冯总躺在沙发上，闭目养神，当老人的手第一次接触他时，他竟然睁开了眼睛，四下打量着，当确认无事后，才放心地躺下。

从他处得知了老人的情况：儿子是大款，就在同城。

我讥讽他不知道享福，他却笑道："实不相瞒，我一辈子当老师，儿子有了出息，跟着到了城里，但我却亏欠他；他的母亲在世时，一直有病，有一次，我搀扶她去大街上，由于疏忽，竟然被车撞了，一命呜呼；儿子认为是我造成的，从此后，我与他成了天涯客。"

老人的眼里盈满了泪水，吓得我不敢再打听他来此的目的了，我想：他大概是想通过挣钱，以弥补儿子的缺憾罢了。

冯总的身体恢复得不错，他总是忙碌，在按摩时电话也会响，他总是命令我们暂停，然后说半天话，说完后，疲惫不堪地扔了电话。

那夜，电话一直没响，我也感到纳闷，按摩结束时，才知道冯总的电话不见了。

一定是有人动了手脚，冯总愤怒万分。他叫来了大堂经理交涉，后来，又找到了老总。他叉着腰对老总道："老姜，我们可是朋友，你知道，这会儿工夫，耽误我多少生意吗？今天，请你给我一个交代。"

老总调查之下，才发现可疑分子竟然是老人，老总要求老人摘掉口罩，他却不肯，迟疑不决，一伙人竞相上前，口罩被摘掉了，冯总大惊失色。

眼前的老人，竟然是冯总的父亲。

"他身体不好，我不想他接太多的电话，钱挣不完的。"老人絮叨着。

当冯总得知，每天晚上，为自己按摩的竟然是自己的父亲时，他泪如雨下，犹豫了片刻，他轰然跪倒在地。

"小时候，他就身体不好，我经常为他按摩，我比你们清楚，哪个部位该轻该重？"老人最后一句话，让所有人潸然泪下。

按摩的父亲，拥有世上最粗糙的手，却布满了世上最暖的柔情与最精彩的谎言。

我们总是不理解自己的父亲，可是父亲，总是以意想不到的能力，谱写着孩子所不会拥有的特立独行，这是全天下父亲的专利。

这里的爱情静悄悄

当我踏上英国北部的这座小镇时，正值卡尔镇五年一度的爱情节。说是爱情节，他们却穿着极为朴素的衣服，就好像刚刚从中世纪的广场上走过来的善男信女一样。

这与我在网上看到的现象大相径庭，我不禁停下了脚步驻足观看，直至向导将我悄悄地拉到旁边的寓所里。

他们穿的都是自己当年结婚时的衣服，越老越好，越老就越证明爱情长久。女向导神秘地向我解释着，我一头雾水。

为什么要这样做？衣服当然是越时尚越好，如果他们穿上时下流行的服装，一定会令世人大开眼界的。我满眼狐疑。

这是为了保护他们各自的爱情？向导开始向我讲故事：

半个世纪以前的卡尔镇，有一对夫妻，他们相爱结婚生子，相约着白头偕老。妻子是个爱打扮的女子，每天里涂脂抹粉的，想挽留自己的苍老与男人的心，也是为了与时代接轨嘛？当时卡尔镇仍然处于封锁状态下，但女人经常在电视上收看那些化妆类节目，便动了心，她想给镇上的男人们一个惊喜。

但他们的爱情却没有长久下去，因为女人将自己打扮成一朵花，自然便吸引了无数男人的目光，于是，她的爱情观于某日突然发生了改变，当另外一个男人走进她的世界里时，这里便发生了一场决斗，可怕的决斗，几乎全镇的人都参加了战争，结果是这座百年小镇差点毁于一旦。

战事平息后，镇长为了让大家汲取经验教训，便规定每五年举办一次爱情节，要求大家穿上结婚时才穿的旧衣服，并且进行褒奖；镇长的意思是：最初的爱情是最纯洁的也是最真的爱情，提示大家穿上自己的嫁衣是让大家时刻警惕婚姻出现危机，最真的爱情是裸体的。前事不忘，后事之师。爱情要时刻保持原有的忠诚。

卡尔镇是英国离婚率最低的村镇，在五十年时间里，只有一对夫妇发生了婚姻纠葛，并且在镇长的协调下转危为安，至今，他们依然和睦相处。

我从自己的行李箱里，找了一件自认为最旧的服饰，与向导一起融入人群中。我能够听到他们真情的呐喊，那声音没有自私与偏见，没有狂妄与争执，有的只是语言掠过生命的枝头，只是一只叫知更的爱情鸟飞离树梢，消失在无尽的视线里。

只有最知心的臂膀，才能制造出世界上最温暖的拥抱

她小他七岁，认识时，相见恨晚，尽管父母投了反对票，亲朋好友纷纷弃权，但她毅然决然地嫁给了他，她嫁他的理由十分荒唐：他胳膊长，我喜欢他抱着我睡。

在众人大跌眼镜之时，他们已经坠入到彼此精心设计的爱河里，不能自拔，作为局外人，再多的劝慰终归是过眼云烟，真正的幸福在于他们彼此的考量。

吵架不可避免，日子是圆的，不是方的，方是因为被岁月磕掉了棱角。

也曾摔坏了家中值钱的东西，更或者是将他珍藏的艺术品撕个粉碎，她撒娇，要求他只疼她一人，而他是艺术大家，每天需要签名的美女如天上星、地上花，这样的过程，不管如何，她都是过分干涉，甚至有一次，她让他在众多粉丝面前丢了身份。

那个晚上，他打了她，而在打她的同时，他后悔莫及，而她则心生仇恨，因为，她掌握了他之所以可以声名鹊起的证据。

冰冷的床上，她一个人睡，睡觉时感觉四肢僵硬，她与他的拥抱，已经形成了惯势，没有了那个温暖博大的怀抱，她如何可以度过漫漫春秋？

初恋一直不务正业，他找到了她，双方一拍即合，他们准备将这个老家伙送上不归路。

终于大白于天下，原来这个艺术家当初是抄袭别人作品获的奖，一时间绯闻铺天盖地，从门庭若市到门可罗雀，从万贯家财到一贫如洗，人生有时候落差就是如此巨大。

她卷了他所有的钱，他一夜之间老态龙钟，最爱的妻子，竟然席卷八荒，爱没了，钱没了，名声扫地。

她开始与初恋过锦衣玉食般的生活，她渴望初恋搂着她进入梦乡，可初恋的臂膀太窄了，她硌得慌，有时候甚至很想抽他几记耳光。

他开始住院了，故态复萌，每日里身心俱疲地只能在病床上挨过余下时光。

他没有起诉她，在他看来，爱没了，心不在了，再多的钱也无济于事。

初恋开始始乱终弃，他用万贯家财，博取了另一个倾国倾城，挥金如土，她成了真正的孤芳自赏。

她想到了他，觉得对不起他，她开始拼命地将钱收归己有，她想帮助他渡过难关。

初恋心如蛇蝎，他断了她所有的财，将她于某个午夜扔在冰天雪地里。

她去了医院，看到了病床上读报的他，他的拥抱依然是那样有力。

有了她的悉心照顾，他的病情好转起来，他开始重整旗鼓，毕竟他功力深厚，在艺术界有着举足轻重的地位。

一次舞会，他们翩翩起舞，一个女记者兴趣盎然地为大家讲了一个定律：

男人的胳膊长度，与所爱女子的腰围长度，有适当的比例，而拥有最佳比例者，一定是全天下最幸福的伉俪。

当晚，在众星捧月之下，他们竟然当选为最佳伉俪。

每个夜晚，有了他的拥抱，她都可以沉沉睡去，而且可以安稳入睡，她每日里总是神采奕奕。

　　一桌佳肴难以消化、一千丽服重如磐石、一身金饰冷若冰霜，只有世上最知心的臂膀，才可以制造出世上最温暖的拥抱。

父亲是家人，不是天涯客

母亲病逝后，父亲一个人孤守乡下，他于心不忍，好几次电话催促他过来城里，但父亲均已各种各样的理由拒绝，他以为：父亲是放心不下乡下的几亩薄田，母亲的坟在那儿。

入了冬，天短夜长，乡下奇冷。他路过乡下，在家中熬了一宿，感到力不从心，缺少了空调的温暖，他的肌肤有些水土不服。

好说歹说，父亲料理好农田里的事后，便与他入了城。

他喜上眉梢，半路上，便将电话打给了妻子，让她好生准备一番。

傍晚时分，一家大型的酒店门口，妻子、儿子，还有几个好朋友，忙成一团。好友全是企业人员，平日里他对企业照料有加，因此，过来接下老爷子，博个彩头罢了。

"有客自远方来，不亦乐乎？"圈内的朋友有一个文人，一席话，惹得大家哈哈大笑。

他十分殷勤地讲自己小时候的故事，讲父亲的伟大，父亲将自己塑造成了一个独一无二的人才，而自己，如今该是报答的时候了。在当晚，他将父亲夸成了一朵花，妻子主动夹菜，儿子舌如兰花，这么多年在官场上混迹，他早已经练就了巧舌如簧。

父亲十分不自在，他没见过世面，终日与乡下的一些老头子为伍，也是正常现象。

他隆重地介绍在座的每位嘉宾，他们个个出类拔萃，衣朱带紫，他们频频地向老爷子敬酒，父亲平时在乡下酒量大，今天放开了畅饮。

酒喝多了，大家争夺话语权，中心话题就是如何夸他的老父亲。有一个中年男子，刚刚丧父，非要认父亲做干爹，如果不答应就不起来，这是给足了他面子。父亲无奈，只好权且点头，企业家竟然较了真，从怀中掏出了支票，说要送父亲一份见面礼，父亲推却半天，只好作罢。

父亲睡着了，床是妻子认真清理的，新买的被褥，新装的空调，温暖如春。

他喝多了酒，感到口渴难忍，半夜里起床去洗手间，竟然听到了父亲那匆忙的咳嗽声。

他推开了门，见父亲正在摆弄空调的按键，由于不会操作，他不停地用手扇着凉风。

他过来解了围，对父亲道："父亲，这是高科技，以后您要掌握。"

以后的每顿饭，都是妻子或者是他端到桌上面。

同行们知道他父亲到了城里，甲乙丙丁竞相前来祝贺，请客成了必修课。

半个月时间，父亲竟然病倒了，他总结为水土不服，妻子请了假，认真地照顾，不敢有丝毫懈怠，他则与领导打了招呼，领导知道他孝顺，准他每天半路探视。

父亲病了一周时间，咳嗽不停，血压高头晕，他忙不迭地跑前跑后。

父亲病好了，不辞而别，只留下了一封信，说是要过年了，准备回家收

134

拾一下。

他有一种失落感，不知所措地拨了父亲的电话，父亲在那边道："孩子，放心吧，我没事，就是惦记家里。"

朋友请客，高朋满座，一个脾气倔强的父亲在批评他的儿子："我从乡下过来，不是客人，我是家里人，家里的活我也要干。"

突然间，他泪流满面。

他想到了回家过年时，父亲俨然就是东家，而他与妻子还有孩子，只有当客人的分，做客人，总会感到生分、无奈。

过度的热情，让父亲产生了恐惧，在家中，都是主人，不是客人，每天以礼相待，每个人都累。

父子不是天涯客，不是天涯沦落人，同根同脉，这才是世间伟大的亲情。

试一份爱，让生命美好如初

几乎整个冬天，我都缩在病床上。由于病情出现了反复，妈妈也不得不请了长假陪伴我，我知道她十分心疼我，也十分怀念远在天国的爸爸，幸好，在我幼小的心灵里，埋藏着一个善良的秘密：爸爸车祸走时，我与奶奶向妈妈隐藏了这段秘密，妈妈那时候远在国外，等到她回来时，爸爸早已经在好人的帮助下进入了天国，我与奶奶商量好了，我告诉妈妈：爸爸出远差了。

我知道这个秘密不会藏得太久，因为眼看着半年时间过去了，我一直在想着如何自圆其说，我曾经天真地想到了一个想法：我要替妈妈找一个爸爸。爸爸要像爸爸的样子，爱妈妈，爱我，爱奶奶，还爱他自己。

这的确是个困难的事情，因为全世界长相一样的人太少了，况且爸爸脾气倔强，没少与妈妈生气，妈妈就是赌了气才出的国，没有想到，他们一别竟然成了永诀，我谁也不怪，怪我小，不懂事情，不知道如何劝说他们和好，我现在明白了：爱是世界上最缺少的营养。

妈妈要去打工了，不然，我昂贵的医药费无法承担，这是我最高兴的事情，我从小自由惯了，会照顾自己，我上网聊天，将自己的想法和盘托出，一张张照片传了过来，终于，我的目标锁定在张大彪的身上。

同城西郊，不算远，与爸爸个头一般无二，说话声音的相似度三个加号，胡须微长，我送给他抱拳的姿势，我说我会支付你我所有的零花钱，最后，我们成了交。

我是想让他假扮我的爸爸，就像是从远方幡然悔悟的样子，因此，我打了前奏，几乎整个傍晚，我都在收拾爸爸送我的生日礼物，妈妈眼中有几丝不安，但她不阻拦，她送给我的是自由，是所有的天空。

我策划了一个方案，我要去大街上玩耍，就在百货大楼的后面，其实就是想找一个不期而遇地碰上罢了，我大叫：爸爸。张大彪傻乎乎地跑了过来，抱了我：女儿，找得我好苦呀？

果然瞒天过海了，妈妈眼睛里尽是羞涩，竟然半天不知道如何表达自己的感情。

晚饭时分，张大彪埋单，请我与妈妈吃了大排档。啤酒的香味传来，我感到喜从天降，别看俺年纪这么小，竟然可以策划如此精彩的相逢，我是不是情感方面的天才？

妈妈幸福了，就是我最大的幸福，当然，我不会让张大彪吃亏的，在妈妈不在的时候，我将自己的储钱罐摔成了粉末状，十来块钱，原原本本地放在张大彪的手心里，张大彪不好意思，我说你不能免费的，这也是你的工作。他不好意思地笑了，这一笑，像极了天国里的爸爸。

我感觉到了异样，因为爸爸与妈妈明显有了生分，我怀疑是妈妈发现了疑惑，便在吃饭时进行了试探，妈妈十分配合的样子。我猜忌到了张大彪，我将他骂了个狗血喷头，别看我是小女生，才6岁，但我知道锋芒毕露，我说他不会演戏，就不要与我签合约，这么大的个子，竟然不会拉拢女孩子喜欢，你要主动与妈妈在一起。

他像个做了错事的孩子，在我的教导之下，他终于肯与妈妈坐在一起了，待在一个沙发上，最后，抱着我出现在奶奶面前。奶奶惊呆了，当我将良苦用心和盘托出时，她夸我是世界上最好的女儿，她会将这个谎编圆满的，她会告诉世界上的所有人：相信我的乖孙女。

我的病情没有好转，张大彪急在心中，抱着我在医院的长廊里久久徘徊，我说要下来，你应该与妈妈在一起，这是政治任务，他说妈妈去找医生了，乖女儿，你会好起来的。

我进入了昏睡期，白血病无情地侵蚀着我的生命，但我的爱没法子停下来。在我清醒时，我气呼呼地拉了他们俩的手，要求他们两人白头偕老，当然，这超越了合约的范畴，张大彪不再否决我的建议，弄假成真也是一种爱呀？

一年后，我竟然得到了重生，因为张大彪找到了适合我的骨髓，醒来后，我死死地拉着他们俩的手，说：如果你们分开，我就走。

睡眼蒙眬中，竟然听到了妈妈的话：不好意思，大彪，当初本来是一纸合约，想让你当女儿的爸爸，没有给你多少报酬，竟然缠了你三年的光阴。

张大彪道：我是签了两份合约的，另一份，是与乖女儿签的，我答应她了，照顾她一辈子。

我偷偷地笑，别以为我不知道，但我装作傻乎乎的，就是不说，我只当是他们骗了我，温柔的谎言，我也骗了他们。这一场经典的试爱，如果没有我的配合，恐怕不会以圆满的结局而收场：妈妈找到了爱人，而我重新找回了爸爸。

我现在十分想告诉老毕姥爷：以我的聪明，上星光大道没问题吧？

如果你爱我，请举起手来

她与他的爱情，一直有着不好的嫌疑，他是个有钱人，富可敌城的那种富家子弟，其实不符合她的爱情观，但架不住他雷霆万钧般的攻势，本来风生水起、顺风顺水，一切一切，均被一次致命的车祸打破了。

她在车祸中成了植物人，他欲哭无泪，很爱的那种男人，不是普通人眼中的纨绔子弟，这样朴实的两个人，如何爱情得不到好报？

他认真地守着她，与她的家人一起守候，生要等她归来，死也要送入自家的坟茔。

但身为富商的父亲由不得他胡来，时间久了，他也觉得厌倦了，她就是醒来，也可能失忆，与其这样僵持，倒不如痛快地结束一则故事，让另一则故事从零开始。

他来得少了，在相亲中麻醉着自己的神经，有时候，在某个万籁俱寂之时，他想到了钱与爱情的关系，想着对不起她，但人是会变的，万物可以依旧，但"物是人非事事休"。

终于，小鸟伊人的一个角色，翩跹而来。这女子，生来是水做的，比她强万倍，家人满意，就他自己心有疙瘩。其实是在他的心中，依然为她留着一个位置，岂能随便被别人鸠占鹊巢？

139

他最后一次去见了她，痛哭流涕，讲述了自己的难堪，请求她的谅解，他紧紧地握了握她冰凉的手后，怅惘远去。

新爱情，新气象，一扫阴霾，马上要订婚了，小鸟伊人的女子，施尽了方法，将他牢牢地套在自己设下的爱情旋涡中。

这样的故事，本来就是水到渠成般的顺畅，但人生有时候却会突然急转直下。

她的家人找他，风风火火的："她醒了，一直叫你的名字，求你了，不然，她可能会有危险。"

她的意识永远留在了最美好的恋爱时光里，她出不来了，需要他的陪同，更需要他用自己的爱焐热一个崭新的灵魂。

旁边的"小鸟"发怒了，虎视眈眈，但他犹豫了半分钟后，毅然决然。原来，他依然挂念着她，她现在就像一个弱势群体，需要一个强大男人的怀抱。

他见到了她，她的思想依然在青葱年代，那时候，天地为他们不荒不老。

小鸟般的女子，用尽了自己的才华，拼命地想将他从她身边拉回来，好去过浪漫华贵的日子，他的父母苦口婆心，他的亲戚川流不息，朋友们也是对他褒贬不一，但他却转回身来，对"小鸟"说道："等等吧，她康复了，我便回来。"

还能回来吗？康复了，爱早已经生了根，坚固得像磐石，能够回来吗？

"小鸟"终于不可一世地提出了青春分手费，这还不算，她将他家企业偷税漏税的事情公布于众，他家的公司，面临崩溃的边缘。

父亲过来找他，想抽他几记耳光，而他则反驳道："就是娶了她，能过吗？"

父亲与他，深情地拥抱，转回身，沉默是金，更是支持。

两年时间，她终于恢复了记忆，但她也知道了他的爱情，她消失了，去某个山区小学当了老师，她之前给"小鸟"与他分别写了信，祈求他们和好，已经耽误了太多的青春。

半年时间，时光胶着。"小鸟"重新找到了他，但他与她依然若即若离。

山区小学里，她站在讲台上，拼命地给这些缺爱少暖的孩子补充知识的营养，她喉咙哑了，孩子们端来了甘凉的山泉。

"爱我的人请举手。"她站在讲台上，一只只小手像一枚枚旗帜。

"还有我呢?"门开了，他站在她的面前。"一辈子爱你，怎么样?"

雷鸣般的掌声，响彻了山川与云霄。这是一段绮丽的爱情传说，就像你与我，他与她，每天都在演绎着世间真情，这是属于青春的骄傲，更是颠扑不破的爱情传奇。

三手男人，二手爱情

一夜之间，我沦丧为三手男人。新婚不久的妻子，一个貌美如花、心如蛇蝎的女人，卷走了我大半辈子的财产，如果不是孩子们及时制止，恐怕我将会倾家荡产。

从一手男人过渡到三手男人，的确是个非凡的旅程。

我记得年轻时我玉树临风，邻村的一位姑娘，在榕树下相遇后，一发而不可收地爱上了她，她也爱上了我，没有媒人，我们是背着天大的骂名私奔的，当时当景，历历在目，那需要多大的爱与勇气，一个女子，冒着无家可归的风险随我到了曼彻斯特，当我们生第一个孩子时，由于没有钱，差点疼死在寒舍里。

患难夫妻，本来是可以相守到老的，一切是因为我的始乱终弃。

她生孩子落下了病症，苍老可怜，我却成长得越发挺拔，用风度翩翩来形容，一点儿也不为过。我的一个女下属，在我创业期间，见缝插针般地进入我的生活里，我耐不住远离家乡的寂寞，与她一夜无眠后，将离婚协议书摆在原配的面前。

当时，她已经怀了我第三个孩子，欲哭无泪的她选择了坚强，她一口气签下了十个自己的名字后，将离婚协议书扔在了风中，自此后，我们断绝了所有来往，两个孩子留给了我，她带走了尚在腹中的孩子。

那时候，我刚刚成为一个二手男人，二手男人吃香的喝辣的，因为已经有了事业，成熟，且稳重大方，但好景不长，我们的人生观发生了碰撞，她看不惯我的自我中心，更不习惯我在家中也摆出一副领导的模样，因此，我们开始吵架，在无休止的战事期间，我失手撞倒了她，她腹中我的孩子流了产。她纠集了一伙非打即骂的家伙，将我纠缠不休，我恼怒之下，与她分道扬镳。

我让自己的生活静止了好长时间，我不想再由此引发不愉快，好长时间，我一个人，带着孩子，为孩子们洗澡成了我的必修课程，也是我繁忙的工作之余最幸福的时光。

又一个女人到来时，我依然手足无措，一个客户，她是销售员，卖我们公司的产品，质量不合格，来找我，一拍即合的那种，她主动献身，我憋了多年的欲望一气呵成，事后，不得已接受了她的要求，我们结了婚。

她对待孩子就是后娘的姿态，我们经常发生战争，慢慢地，我感觉到了一种无形的压力，直至后来，我发现她与公司的一个财务人员眉来眼去的，等到我发现端倪时，已经晚矣，他们以一发不可收拾的态势席卷八荒，我的大部分财产下落不明。

现在，我已经快50岁的人了，孩子们早已经成家立业，他们一直关心我的生活，经常过来看望我，对于他们的母亲，除了遗憾外，我别无他想。

就在我进入人生的低谷时，飞来一只鸽子，腿上绑着信笺，上面有一个女子的字迹："三手男人，珍爱自己吧，祝你愉快。"

如果不是这封信，恐怕我将要结束自己的生命了，因为我有些郁郁寡欢。这封信以及鸽子让我喜出望外，这个敢称谓我三手男人的女子，一定了解我的前因后果。

因此，我回了信："感谢你的称谓，是的，我会努力活下去的，大家这么关心我。"

鸽子飞走了，两天后，鸽子不请自来，在孩子们的面前，它飞翔的姿势十分优美。

这次，她落了款："我是一个二手女人，经历过失败的婚姻，能够认识你，是我的荣幸。"

我们认识吗？在哪个角落？用怎样疑惑的目光将我所有的优秀与斑点一览无余？我感到兴奋到了顶点，比那两个败类人员归案的消息还要温暖。

我们通了半年的信，我决定寻找到这个可爱的女子，她一定是前所未有的爱人。

我尾随着鸽子，来到了市郊的一座民宅前，一个女孩子，正在院落里喂鸽子，年轻、漂亮、大方，我走进院落里，年轻女子看到了我，对房子里说道："妈妈，爸爸来了。"

她走了出来，健康的肤色，我的妻子，款款深情，这个年轻的女孩子，就是她带走的我的女儿。

我不知道如何形容自己的尴尬心境，但我至少学会了感恩，我们畅谈了半个下午，我们一直喝茶。生命里，从来没有哪一天，我会用这么多的时间去回味过去，与自己曾经深爱的女人一起，茶成了关键的道具，她烹的茶持久醇香，让我感动得热泪盈眶。

她离开我后，嫁给了一个政府官员，也曾过着锦衣玉食的生活，但那个官员，却因为腐败案件被关了起来，三年时间，他死在监狱里。

孩子们找到了她，让她无论如何要回到我们身边，她动了心，与孩子们一起，导演了这样一幕精彩的环节。

"孩子们依然爱着我们，我也依然爱着你，你呢?"她最后问我。

我没有犹豫，在幸福来临时，保持清醒的头脑，的确需要非凡的能力。

我看到了雀跃的蓝天、吉祥的白云。三手男人，还有什么苛求，何况她赠予你的，已经是一场惊天动地的爱情。

生命，比爱更重要

　　他们相遇在一次同城笔会上，他为她的纯情所吸引，她更为他的翩翩风度所折服，他们都在刹那间，成了彼此眼中的"绩优股"。从未有过的电光火石袭击了脑海，欲罢不能，恨不得这样的会议一直持续，永远不要偃旗息鼓。

　　两天的会议，却如同两年，两人成了形影不离的知己，无话不谈。为什么都在同城？才发现彼此的好与真？如果早相识几年，可能现在的境况早已经大相径庭了。

　　想起家中的他，她感到苍天弄人，从来不懂得浪漫的那种人，不会在你的面前嘘寒问暖，不会说世间最动听的情话，老实巴交是他的代名词。

　　眼前的他，风度翩翩，是个浪漫多情的男人。

　　他有同感，妻子柔弱多病，为了生孩子，差点一命呜呼，落下永远的病症；这样的状况，根本无法获得自己想要的雪月风花。

　　两人都感觉自己的现状堪忧，因此，将自己的家事、爱事和盘托出，说到痛处，禁不住相拥而泣，拥抱是亲吻的前兆，嘴唇无所顾忌地叠加在一起。

　　两人惺惺相惜，从此后虽然一个在东城，一个在西郊，但依然乐此不疲地周旋着。每逢下班时，电话、眼神、觥筹交错，恨不得结为露水姻缘。

　　他们都曾背着家人偷偷地幽会，躲在某个咖啡厅里，畅谈人生的快事。

但二人不敢越雷池半步，也许，他们都在等待一个良好的契机，他们不可能为了自私的艳羡，无缘无故地破坏两个原本完整的家庭。

她却突然消失了，不折不扣的那种蒸发，电话关机，家里唱了空城计，家门上更是贴了白纸，难道？

他以为是她在逃避他，越是如此，越是心焦难受，辗转了好长时间，终于下定决心去找她。

找了好长时间，终于找到了她，一脸憔悴的模样，仿佛老了十年。推开了空空如也的家门，他头一次进了她的家，家徒四壁，值钱的家当早已经被搬挪一空。

她老公出了车祸，撒手人寰，生前欠了巨债，后事尚未料理，要债人便蜂拥而来，堵了家门，将她逼入了绝境，差点从窗户跳下去；她没有几个朋友，现在出了事情，躲得远远的，生怕自己的霉运会伤害到他们；赔偿的事情毫无着落，她一个弱女子，如何扛得住这突如其来的风风雨雨？

他发了疯似的扯了她的胳膊，她感到生疼，却没有反抗。

他带她到事故科，到医院，到保险公司，万般无奈之下，他与自己的律师同学电话沟通，他停了业，扔了家，舍命般地将全部心血倾注在她的身上。

她感动万分，一种莫名其妙的情愫袭上全身——他原来说过的醉话：会离了婚，娶了她。这是怎样的一种浪漫福气呀？

由于赔偿没有着落，不得不诉诸公堂，他为她请了律师，自己一个要好的同学，律师的眼神怪怪的，除了怜悯外，还有一丝疑惑，而他依然故我地与她交谈，将她的所有不幸统统摆在桌面上，由不得人不可怜。

打了两场官司，她几乎要崩溃了，他成了她的擎天柱。每逢她快要撑不住时，他准会及时出现，或者用电话交谈的方式为她的痛苦找一个流淌的

147

出口。

半年时间，赔偿下来了，她还了老公生前欠下的债务，然后准备向他表白，她下定决心，愿意用半辈子的光阴补偿他，如果不是他，自己的人生路恐怕早已经画上了句号。

一杯薄酒，两人相向而坐，男人先开口：

"我进你家时，发现窗户开着，窗檐上拴着一根磨细了的绳子，我知道你做了怎样的苦命纠缠，我如果不那样做，你恐怕早已经轻生了。通过这件事情，我更加明白了，爱一个人，要用心，而不是表面的浮光掠影。生命永远比爱更重要。"

原来，他所做的一切，早已经告诉了自己的妻子，而他的病妻，坚信他不会做出过格的事情，同情于她的遭遇。

那个男人说完，门铃却响了，他病弱的妻子、健康活泼的儿子，来接他回家，目光交接处，满是祝福与幸福。

她突然间感动得泪流满面，这样一个让自己动了心的男人，终归以这样一种浪漫的方式帮助了自己，也以这样一则贴切的故事阻挡了她的万丈雄心——生命比爱更重要。

给儿子一个拥抱

她是一个单亲妈妈，三年前，一场突如其来的爱情事故袭击了她的家庭，狐狸般的女人，将她的丈夫抢走后，她和儿子开始相依为命。

儿子自幼多病，差点倾了家荡了产，好歹是救治及时，命保住了，但身体却落下了残疾。

她好强，别家孩子能够做到的，她要求儿子也不能落下。在孩子学习问题上，虽然生活拮据，她依然坚持请了家教；孩子体质差，无法参加学校的体育比赛，为了一个比赛名额，她跑到学校里与校长理论，好不容易为孩子争到了一个参赛指标，但孩子却跑到了最后一名，气喘吁吁，没有掌声。

站在看台上的她，突然间鼓起掌来，多么落寞孤寂的掌声呀，那天，无数学生们目睹了一个含辛茹苦的母亲，以独特的掌声鼓励着自己的孩子。

她对儿子的要求极其严格，孩子在大学时，好学上进，品学兼优，不仅如此，中途有一个女孩子心仪他的才学，与他频繁来往。

她听说后，惶恐不安，生怕恋爱会影响孩子的学习，她坐了火车，赶到了孩子上学的城市，将那个女孩子数落得一无是处。

儿子生了一场病，她于心不安，也觉得自己的管理太严格了，大学校园里，到处是成双成对的角色，况且儿子有残疾，人家女孩子能够不计较这些，已经难能可贵了。

她觉得自已做错后，想着向女孩子赔礼道歉，她在学校附近，租了间房子住了下来，除了照顾儿子外，便是寻找女孩子的身影。

她在寝室里找到了她，女孩子却一直躲着她，害怕得不得了，她不死心地追到图书馆里，不大会儿工夫，学校的保安跑了过来，硬生生地将她推到了校园外面。

那一阵子，许多学生们都知道了一则消息：一个母亲，为了自己的儿子，向一个女孩子道歉。

许多人感动，但更多人不屑一顾，认为她是自作自受。

快到毕业了，女孩子不辞而别，据说她的家在遥远的贵州。

孩子毕了业，找了工作，儿子懂事，就在县城里找了个稳定的工作，其实就为了照顾她的情绪。

儿子上进、优秀，但残疾却影响了他的工作与爱情，谈了几次恋爱，全部以失败告终，她到处张罗着为儿子介绍对象，他已经步入大龄青年的行列。

儿子终于恋爱了，是公司的一名职员，个子高，文静典雅。她高兴得不得了，张罗着儿子的婚事，一年以后，本来以为可以水到渠成的事情，儿子却失恋了，女孩子通过一年多时间的相处，认为彼此不合适。

那一年儿子公司的元旦晚会上，一个妇人不请自来，当董事长听说这是他的母亲后，热情地邀请她坐在贵宾席上，晚会前夕，她却夺过了话筒说道：

"我的儿子是优秀的，虽然他失恋了，但是，我要告诉他，一定会有一只美丽的白天鹅在远方等着他。"

她深情地拥抱了儿子，董事长带头鼓掌，现场的镁光灯记下了这个令人难忘的时刻。

半年后，儿子恋爱了，结婚了，女孩子幸福地叫她妈，她擦着眼睛，喜极而泣。

她不知道，那次拥抱为儿子带来了无穷无尽的动力，他拼命地工作，遇到喜爱的女孩子，就会百折不挠地去追求，终于，爱之花结出了幸福的果实。

凑是合的基础数据，合是凑的至高境界

婚后，她一直找不到恋爱时设想的浪漫，幻想烟消云散，柴米油盐、万家灯火，毫无波澜，她曾经梦想过婚后的生活：喂马劈柴、面朝大海、春暖花开。

他是一个企业的白领，加班是他的日常生活，冷落了她也在所难免，总要资金来维持家庭日常开支的链条，总要风里来雨里去地应酬同事之间的觥筹交错。特别是有了孩子后，她的生活负担加重了，面对着孩子的嗷嗷待哺，她显得手足无措，却无能为力，有时候，她真想他能够像及时雨一样出现在她的面前，替她分担。

孩子上幼儿园后，幸好母亲来城里看她，母亲过来的第二天，便发现了她的秘密，她闲暇时一直上网，在网上与一个网友聊得火势，只不过是为了宣泄罢了，谁的心中没有郁闷沉积，积重难返，便需要释放出来。

他们聊天的内容越来越生活，越来越肉麻，直至某个黄昏，她突然间有了一种恋爱时的感觉回归，她竟然莫名其妙地进入了网恋状态。

背着母亲不知，她去了异地见了他，帅气阳光的大男孩，小她六岁，一见面便答应与她白头到老，从未有过的冲动，如果不是宾馆的大姐在门口向他们索要证件，恐怕她早已经入了人家设下的蛊。仓皇逃离，负罪感油然

而生。

　　而就在她回家的当天下午，她接到了内线的通知，闺密在商场中竟然遇到了他，与两个女孩子在一起卿卿我我。

　　"不要脸的东西。"

　　她到家时，他刚刚到家，纸醉金迷，酒精麻醉了他的半个神经，让他眼神迷离。

　　她纠缠他，当着母亲的面，将他的丑事揭晓，母亲在旁边冲着她使眼色，她就是不听，直到他恼怒万分，解释着："两个同事，公司派出来了解产品情况的，你不要无理取闹好不好。"

　　如果不是孩子的哭声，他们恐怕无法马上打扫战场，他睡着了，她则在沙发上哭了半宿，母亲在旁边劝慰，她对母亲说道："离婚，不能过了，他婚前答应我的，一个也没有做到。凑合着过，我不愿意过。"

　　母亲却语重心长道："孩子，能凑合也是一种福，我与你死去多年的父亲，也是凑合了一辈子。"

　　她反驳道："你们感情很好，不像我们。"

　　母亲继续说道："年轻时候不懂事，你父亲与一个小姐私奔了，我为了报复他，也与邻县的一个耍杂技的跑了，这些你不知道，你的姐姐，在家中被火烧死了；我们后悔万分，后来便约定，凑合着过吧，能够凑在一起，不容易，如果不和谐些、不和平些，对不起对方呀？"

　　她突然间大悟，想起自己做过的糗事来，如果他知道了，一定也会不依不饶的，她痛下了决心，将凑合过到最高境界。

　　生活琐碎，凡人要有凡人的日子准则。什么叫作浪漫？一日三餐也是另外一种花前月下，柴米油盐才是最充实、最现实的小康。能够相偎着守在一起，已经是上天的眷顾了，何必纠结于不可能实现的天真，哪个人的一生都无法屈服于平凡，能够将凡事做大做强的人，已经是人间的天使了。

合是合约，是约定，是双方颠扑不破的爱情真理；

凑是缘分，是组合，是前尘后世几百年修来的福。

凑是合的基础数据，合是凑的至高境界。

找一段时间，等一个男孩成长为男人

她大他六岁，其实是秉承着"女大三，抱金砖"的传统理念，大六岁，不是可以抱两块金砖吗？他24岁青春年少时，她已经步入而立之年，皱纹早早地爬上一个女人的额头。

她将此当成了自己致命的弱点，拼命地施妆抹粉，每天执拗地让自己快乐。他在外面打拼，她便在家中收拾家务，里里外外一尘不染，他穿的衣服也熨烫得妥帖有致、有条不紊。

男孩子终于有一天感觉到了自己与心爱的她竟然有了代沟，说出来可笑至极，但却是事实，虽然她爱他，像个大姐似的照顾他，将自己全部的爱送给了自己，但这种爱时间久了，便让人生分、郁闷、不可爱。在公众场合，他是决然不会带她出来的，她老气横秋，怎么看都像他的姐姐，而他年轻有为，一家公司的销售经理，身后美女如云，他有些后悔自己的选择，同时觉得苍天弄人。

城市的离婚风潮袭来，几个同事不约而同地选择了离婚，仿佛离婚成了一种时尚，如果你不敢离，不会离，早已经成为时代的叛逆。

他按捺已久的心终于在26岁那年付诸实施了，一个妖娆的女子接近了他，说尽了男人们喜欢听的甜言蜜语与世间芳华，她小他六岁，白皙的胳膊可以掐出水来，与家中的半老徐娘不敢相提并论。

他开始很少回家，甚至到了后来，干脆找各种借口不回家。

女人早已经感觉到了风吹草动，有些好友们提供了许多证据，说他出入某种门庭，左拥右抱的样子，她却不哭也不闹，朋友劝她：他是你的，你该争回来，总不会以为自己真的老了吧？

她却依然故我，好好地收拾家务，让心灵与家中不落纤尘是她的重任。

半年时间，他几乎没有回过家，而她则每日里出入健身场所，拼命地锻炼身体，让婚前的小蛮腰现出原形，让俊俏的脸庞重新自信得如一朵花一样绽放在世人面前。

公司举行酒会，销售经理自然是会议的主角。不请自来，一个妖而不艳的女人出现在大家面前，她头一次到他们公司，以前不敢来，怕沦落成笑柄，现在居然自信地来了，来了便成为一朵花，成熟的花，让人艳羡，仪态万千，庄重优雅，一看就是那种有文化有修养的女人。

小妖精的眼神闪烁着一种不安，挽着他的手臂，倏然松开。

他站在原处，不知所措，而她则上前与他拥抱，公司老总擦着眼镜吼着：小子，你居然有这样一个体贴的女子。

她用自己的成熟征服了在场的所有人，她利用半年时间，将舞技练到炉火纯青的地步，与老总一段舞蹈完毕，掌声雷动，所有已婚和未婚的男人，眼睛闪着"狼"一样的清光。

一段插曲，她收复了他的心，他臣服地酒会后与她回家，她第一次在他的面前开车，刚考过的驾驶证。他像个做了错事的孩子，一路上不敢高声语，他不知道如何讲述自己的不堪过往。

没有埋怨，回家后她便收拾了妆容，恢复了原来的主妇模样，几盘小菜，一杯红酒洗尽铅尘。

他本来计划好的，会在某个不经意的时刻提出离婚，但现在，他被她的才气征服了，老总的话仍在耳侧徘徊：好好珍惜你眼前的女人吧。

女人睡着了，他上网聊天，向网友们倾诉自己无可名状的心情，竟然看到了桌面上女人的博客，女人的博客每天都在更新，从半年前开始记录：

他还小，给一个男孩成长为男人的时间吧，从不懂事到知道心疼人，是一段漫长的旅程。

他24岁那年，我们结的婚，半年后的一天，他便心仪了一个女孩子，而那女子只不过看中了他的钱财，他丢了三个月的工资，我宽慰他：钱乃身外之物；

25岁那年，他略有成熟，但在感情上仍然不谙世事，一个女同事爱上了他，而对方的家庭却不同意，因为他是有妇之夫，他喝醉了酒，将所有的心事和盘托出，我不敢埋怨他，我只是认真地爱他，用自己的爱抚平他所有的不快；

26岁时，他过生日，我准备了一个特大的蛋糕，他没有回来，一个朋友发现了他的行踪，一只小狐狸，缠着他，他其实更不会知道，她只是想让他帮助她升迁而已，他更不会知道，公司老总已经开始调查这起交易背后的问题。我背着他去了公司，向老总保证他是一个优秀的男人。

他突然间泪如雨下，自己做过的所有蠢事，她早已经知晓，只是她给足他成长的空间与时间，她在认真地等待着一个男孩变成一个优秀的顶天立地的男人。

有时候，在爱的征程上，我们都需要等待、原谅、再等待和再原谅。

留一段时间吧，等一个男孩成长为男人，等一份爱情成长为知心爱人。

默是花，契才是果

她一直渴望的默契，在自己的爱情生涯里从未出现过，尽管也曾信誓旦旦，更或者有过花前月下的浪漫，但婚后的生活平淡如水、如茶，短暂的激情后，没有过多地延续糖的甜与花的香。

争吵不可避免，结婚才几日便因为言语互相冲撞，不可开交之余，双方家长出动，才草草了事。

她与他的爱进入白热化，他一度躲着她的咄咄逼人。

她是那种心细如丝的女子，平生最大的愿望便是嫁一个体面的丈夫，相守到老。夫妻事，绝非平淡事，需要浪漫为作，温情为料，一举一动，一笑一颦，能够得到对方的首肯才是最可爱的。而他们的性格相左，原来的承诺全是装出来的，她要什么，他偏会唱反调，恼怒之余，她便对着他狂吼："我渴望的默契呢？性格不合也就罢了，你就不能由着我点，我喜欢耍小性子，这是每个女人的天赋。"

男人尽最大可能按捺住性子，男人不能冲动，男人是这个家的顶梁柱，忍辱负重才是爱的常态。男人连宠带哄的，像个孩子似的将她搂在臂弯里，替她揩掉额头的水与眼角的泪，看着她沉沉睡去。

这样的日子毕竟不能长久，男人有工作，有交际，有自己的雨与雪，不

158

可能将自己的天空原原本本、一览无余地送给对方。爱情勒得太紧，也容易出现事故的。

男人开始早出晚归，有时候甚至一个电话打过来，丢给她一个漫漫长夜。

直到后来，变本加厉，电话也不肯打了，一个饭局吃到天明，一个应酬纸醉金迷。

她歇斯底里地胡思乱想，在一个时期内，她拼命地搜索着他出轨的证据，一个证据掉一次泪，字字泣血。

他与几个女孩子在一起死缠烂打；于某某日大醉不归，一个女孩子将他搀进宾馆；更背着她不知，在西郊买了一栋别墅，不知想送给哪个狐狸哪个精？

沉默久了，渴望一场爆发，就像地球内部的热源，不需要策划，水到渠成地便于某个黎明时分天崩地裂。

女人不可一世地将离婚协议扔在男人面前，男人刚刚从黎明的酒醉中醒过来，不知所措地揉眼睛，瞬间泣不成声。

"我们离吧？你不是有人了吗？那么多的风与花，哪个都可以与你喜结连理？"女人脸上没泪，泪早风干了。

"哪有的事情？我一直记得最初的承诺，就是打死我，也不要做那种事情的。"男人辩驳着。

女人将近一个时期整理的证据，扔在男人脸上，男人怔怔地看着。

"女孩子是与一帮顾客的应酬；搀我进宾馆的是服务生；至于买的房子，是为你买的，我不想让你一辈子待在蜗居里，我想给你幸福，想给要出生的孩子幸福。"

男人将房产证双手送给女人，女人像个做了错事的孩子，捧过来，认真地看，仔细地瞧，生怕省略掉一辈子的幸福。

女人终于明白默契的真正含义了，夫妻之间，能够做到默契最好，但缺乏的却是真正的沟通与理解。长久的沉默，是爱变质的导火索。

默是花，契才是果。花不会长久，但契的果实却可以永远地冰冻在爱的殿堂里。原来，默契也是有级别的，如果想举案齐眉、心照不宣，就需要修炼你我的爱情，从最初级的无限制争吵，经过理解与沟通，最后才到达婚姻的制高点。

爱也是你来我往，不是一个人的独角戏，这世上，没有轻轻松松就可以直入云霄的比翼鸟。

一辈子，有一个穿花裙子的男人

他是一个典型的唯我独尊型男人，他这样的男人，天上没有，人间一大把。面对陌生女子，通常会忘乎所以，面对自家的妻子，若即若离。

每个男人的通病，每个男人都有花花公子的野心，有些人收敛，有些人将意识转化为行动，前者妻子管不了，后者妻子只能破罐破摔。

男人与女人恋爱时，喜欢穿着花裙子在她的面前兴奋地舞蹈，一支奇怪的舞，竟然俘虏了女人的芳心。原来，天下所有的女子，幸福点总是低得可怜。

男人是一家裁缝店的老板兼会计兼主裁，男人的手精巧轻盈，喜欢做女人的衣服，华丽、富贵、雍容。女人经常光顾他的小店，看到她时，男人眼前猛亮，觉得自己半辈子盼望的女人不请自来。

男人为了取悦于她，在她的面前哗众取宠，那张穿花裙子的照片，永远定格在女子的视网膜里，永远也无法轻易抛弃。

恋爱到结婚，一步之遥，距离不远，男人征服女人的办法，女人通常无法左右自己的思想与行动，嫁了他吧。

穿花裙子的男人，一定是花心大萝卜，婚后便开始将目光瞄准自己店中的常客，那些女子，或是哪个官家的金屋藏娇，更或是宅妇，每日里不知所云，思想大于行动。

他的体态修长，胭脂水粉一施，定然是古代的公子哥。这成了必然要素，也是先决条件，他一个眼神，便令试穿衣服的女子大惊失色，恨不得以身相许。

穿花裙子的男人，果然出了轨道，轨道太远了，延伸到了远方，远方太远，一个弱小的女子，无法看护好爱的门户。

索性中的索性，离了吧，女人看不下去了，辛辛苦苦征战多年赢来的幸福转瞬即逝，能有什么法子，难道这样窝囊地过一辈子任他为所欲为吗？

没有任何挽回的余地了，两人分了财产，从此后他们的江湖无事。

时光辗转，男人于某个时刻幡然醒悟。这是所有历经世事男人的感触，总会于午夜的某个时刻惊醒：脚底冰凉，榻侧无人。

偏偏这个时候，女人竟然出了车祸，醒后失去了所有的记忆。这样的故事不精彩，甚至有些落下俗套。

所有亲戚朋友没有想到，男人竟然出现了。扔了生意，关了店门，打了烊，闭了关，一心一意照顾她的病体。没有多少效果，她不认识他，任凭如何呼喊也无法接近，她排斥他，她的记忆处于青葱少年，那时候，天蓝、地宽，天荒地老仍然是一个美好的不会改变的誓言。

一个穿花裙子的少年，出现在了她的视线里，她惊喜，春水荡漾。

他才知晓：她只记下了他穿花裙子的样子，这是你的样子，我的样子，也是最美好的春夏秋冬。

医生、护士、朋友们，每天都会发现一个穿花裙子的男人，守候在她的床前，他执着地穿着裙子下去买饭，不伦不类，他执着地到结算窗前将大把大把的钞票塞入，然后将一纸单据挂在她的床前。

三年时光，荏苒而过，不留下纤尘，像你，像我，像世间男女。

结算累计到了六位数字时，她于某个清晨时分，骤然惊醒，当时，她看到了一个穿花裙子的男人，趴在床前，发白、脸青、手中满是污泥，毫无光彩。

世间所有的女子，其实并没有过高的奢求，她们需要的也仅仅是一个愿意为自己穿一辈子花裙子的男人。允许你坏，但不要流油；允许你目光炯炯，但绝不是暗度陈仓；不是不给你自由，你的自由总要有个圈子，我是太阳，你是地球，别瞎跑，你不是人造卫星。

你愿意做一个穿花裙子的男人吗？

等待飞机降落

由于明天一早要赶飞机，我不得不于今天傍晚时分到达机场附近。由于事先没有订酒店，我找了好几个酒店都是客满，转了好几个弯，终于看到一家旅馆，老板是位年长的老者，仙风道骨的模样，无奈之下，只好将就一宿。

住这样的小店，一夜不安，左右狐疑，生怕有盗贼出现，于是，我加倍小心地将值钱物品放在贴身的口袋里，睡眼蒙眬中做了不少噩梦，外面却有异样。

是脚步声音，在我的房门前逡巡着，我缩成一团，幻想着各种各样的可怕结局，我甚至后悔自己不该住这样糟糕的小店，如果出危险了，得不偿失。

那声音没有了，但不大会儿工夫，又传来了，并且还有一阵阵咳嗽声此起彼伏。

我按捺不住，不是鱼死，就是网破，索性抄了门后面的一把扫帚，我拧开了门闩，冲了出去。

那个老者，正踩在梯子上，他不停地向天空中张望着。

看到了我，他不好意思地笑了笑，天空中有隐约的星光闪烁着。

"惊您的觉了吧？年纪大了，本来计划要轻点的。"

"这么晚了，你做什么？"我还是不安地问道，因为站在梯子上面，正好可以观察我屋中的一举一动。

"你误会了，我在等待320客机准时降落。"他不停地重复着，同时不停地看表。

我仍然疑惑万分：是借口，或者是越货的动机，一定还有帮凶。

"我的女儿在320客机上，她是空姐，每天这个时候，320飞机就会平安地降落在机场，只有飞机平安降落了，我才会放心地去睡觉，不然，我老是不安。

"说实话，我反对她当空姐，但她喜欢，兴趣才是最好的前途。飞机老是出事，我都后怕了。可是，现在已经过了半个小时了，飞机仍然没有降落，我都急死了。"

我终于明白老人的良苦用心了，一股莫名的感动油然而生，我感到无比地羞愧，怀疑有时候也是一种致命的武器。

我睡意全无，扶着他上了楼顶，我安慰他："没有收到飞机失事的任何信息，放心吧，或者是有其他安排。"

"看，320。"飞机呼啸着划过长空，稳稳地降落在机场，我与老人的双手紧紧握在一起。

他的女儿或许不知，她当空姐的三年多时间里，每天晚上，都会有一种关怀的目光始终牵挂着她的安危。

等待飞机准时降落，或许是这世上最虔诚的关怀了。

借一段时光，去疼你

时光荏苒，世事苍茫，一转眼间，爱了十余年时光，孩子长高了，生活麻木了，爱少了，语言也苍白得捉襟见肘。

美妙的恋爱时光不可能一直久存，太多的缠绵也不符合物竞天择的规律，面对一日三餐、柴木油盐组成的人间烟火，争吵有时候成了必修课。你我曾经有一段时间里，每天在争吵中度过，好像一瞬间，所有的爱没了，恨来了，你我成了陌路人。

是生活过于匆忙了，还是你我的爱荡然无存，更抑或哪个可怕的小鬼偷走了你我会爱的源泉？

一不小心，华年不再，中年翩然而至，像每个男女一样，平淡占据了大部分时光，我讨厌你的婆婆妈妈，你怒骂我的喋喋不休，可怜的孩子，站在你我之间，仿佛他突然间成了世间最缺爱少暖的少年。

十余年的爱情生涯，江湖没有血色，但也算得上金戈铁马，为了糟糕的爱，也曾经努力过，赔着笑脸，改变性格，更或者于深夜的某个时刻，让时间驻足于洗手间里，烟雾飞舞，借酒浇愁，一待便是两个时辰。你于午夜时分醒来，不见旁边的我，闻到了熟悉的酒醉声，拖了我的身体，数落着我的不可一世。所有这一切，不对是我的一些小伎俩罢了，硬的不敢来，软措施倒是可以来一些。

也曾有过一阵子始乱终弃的想法，更曾经过墙外开花的念头，面对初恋好友的来袭，更甚者夜不归宿，肆意用酒精填补僵持的神经，但后来，一个骗局让我幡然悔悟，在都市的子夜时分，露宿街头，身无分文。你疯狂地到处找我，逢人就问，说自己丢了最爱的人。你几乎发动了这个城市所有的媒体，在寒冷的冬夜里搜寻自己的爱人，终于找到了，你如释重负地抱着我痛哭流涕。

不是不会爱了，是你我生活塞得太满了，无暇顾及彼此的感受，每日里任凭不爱疯狂地肆虐。

好想向苍天祈个愿，借一段时光好好地爱你，不管流言，不顾事业，在两个人的世界里，不分主仆，全是爱的主人。

时间也是需要整理的，我们坚信可以做时间的主宰者。在有生之年里，在每天的你来我往中，借一段时光是必然的，也是智慧的表现。

茶余饭后的嘘寒问暖，上班时候的一个电话，厨房里匆匆忙忙的二人身影，更或者在周末晚上，借着星光，散散步，说说心里话，让不快烟消云散。

借一段时光去爱你，闲暇的时光就存在于每天每时每分每秒；

借一段时光去疼你，谁说男人不可以燕语莺声，不会风花雪月；

借一段时光去陪你，许你百年好合，许你一生一世，许你白头到老。

第四辑

有一种时光，我们会故意错过

总有一段时光，会从我们的手中溜走，成雾、成蝶、成烟云。时光是用来消费享受的，虽然它不是卖品，更无法用金钱形容、埋单或者买醉。无论是酸涩，抑或坚强，我们都应该庆贺自己遇到了，爱过了，或者是根本就是一个简单的路人。

有一种福，就活在身边

一个美若天仙的大学同学，最近为爱事忧愁：她在两位帅哥之间左右徘徊，一位是贵得流油的富家公子，家财万贯，而天平的右侧，则是一位喜欢侍弄鲜花的多情小伙，毕业后，不去单位应聘，下决心自己创业，硬是在一块贫瘠的土地上开垦出一片姹紫嫣红的世界来。

我分别去过他们两家，富家落落大方，体面得要死，拘束得要命，生怕自己鞋底的灰尘不小心落到人家地板上惹来一片麻烦；而另一方，完全是泥土与美的世界。

关于爱情，朋友只有建议权，大众化的趋势，谁不喜欢钱财，谁愿意老在失去房子的痛苦中艰苦抉择？

哪承想，半年后，一纸喜帖传来，朋友竟然嫁了那个爱花的男子。婚礼上，全是鲜花的海洋，男子搬了花园里所有的花种，将迎娶她的大街变成了天宫，浪漫的街市，玫瑰四溢，清香迷人，几乎整个小城为他们的爱情动容。

原来，朋友在财与花之间，选择了后者，她想活得潇洒些、美丽些，她在电话中告诉我：我们缺少的，正是这种创意性的美。

每天生活在美丽的氛围中，想生气都难，想不健康也难，吃自己种的菜，不去管外面的是与非，喝自己酿的酒，将美丽延伸到天荒地老，也许这才是爱的最高境界。

我敬佩她的选择，而她的赌注却是最真实的、最精彩的，他们婚后一直徜徉在爱的视野里。十年时间，荏苒而过，同学们离的离，再聚会时，早已经物是人非，原来的几对金童玉女早已经杳如黄鹤，一去不复返，唯有他们，坚守着最初的选择。

许多争吵，与钱财有关，这是哪位圣贤说的。欲望过盛，心灵浮沉，影响心灵与身体，一旦有一日，你的生活中只剩下财气时，恐怕你的麻烦就要来了，因为美丽才是支撑健康天平的唯一砝码。

一个出租车司机，特立独行，帅气阳光，坐他的出租车，竟然发现他的车中布满了绿的叶与鲜的花，问其缘由时，他却问我：介不介意占用你一丁点儿时间，享受一下美的世界。我不懂，难道是想讹我的钱财，他却说道：这段路，由我埋单。

在浓烈的芳香中，车子驶入旁边的小径上。没有人，独行的时光翩然而至，想起了那个意气风发的少年，当年，我离家时，就是这样走出了乡村的小道。无边树叶袭来，美得煞人，将万千的谈判、生意场上的忧愁一扫而去，我摇开了玻璃窗，伸出手去，迎接那一抹抹羞煞神仙般的风华。

每次出车，他总要赠送顾客一段美丽的时光，他在全城选择了许多景点，他的营销理由是：再忙，也要让自己美些。

我相信，他一定是全城生意最好的司机师傅了，因为在忙忙碌碌的生活中，谁不渴望一段忙里偷闲的时光？而他，却以这样一场赠送满足了所有人的渴望。

不管多忙，生活总该活得美丽些。我们不乏美的场景，田野、山川、微笑，哪怕一条小弄，窄长的记忆也会不请自来，抑或是一场旅行，就可以免除婚姻的隔阂，更或是一张陈年旧纸，一本发黄的书笺，也会让美姗姗来迟。

　　原来在物欲横流、污染遍地的世界里，珍藏的美丽就在身边。

你之所爱，你之所恨

1986年的冬日，阿根廷首都布宜诺斯艾利斯，年仅16岁的小姑娘马克西玛照例傍晚时分去外面散步。她会沿着被军政府戒严的大街快步行走，直至看到一座大钟楼时，再绕回来。

在自家门口，她看到了一个乞丐，满身是伤，乞丐不停地呻吟着，痛苦的表情溢于言表。

马克西玛的父亲是军政府人员，也是一名独裁者，但父亲的口碑非常不好，这一度让马克西玛十分苦恼，她曾经规劝过父亲：放下屠刀，救助平民，因为现在的阿根廷首都，战乱频繁，军政府武装与现政府每天都会发生械斗事件。

马克西玛小姐召来了自己的家人，背着父亲不知道，将乞丐保护起来。

这样一个没有来历的乞丐，自然招致了家人的强烈反对，副管家马克力先生劝慰小姑娘不要这样做，不但会招来杀身之祸，而且会给将军带来不便。要知道，马克西玛将军可是军政府的首脑，他可不想授人以柄。

"面对这样一个无辜的生命，救助才是最重要的。"马克西玛小姐说话时斩钉截铁，她告诫大家守口如瓶。

第二天凌晨，马克西玛小姐起来得十分早，她健步如飞地消失在雪野里。

半个小时后，在西郊的一座简易化工厂内，她的身影出现了，那儿有一座简易的救助所，里面居住着一百多名无家可归者，而马克西玛小姐就是这座救助所的负责人。

她当然是背着父亲不知道这样做的，她充满爱心，对母亲的惨死至今仍心有余悸，她无法左右父亲，但可以左右自己的善良与爱心。

当天傍晚，军政府武装人员接近了救助所，因为有人举报说：这儿窝藏着国家重要的钦犯。马克西玛接到讯息赶来时，这儿早已经被围得水泄不通。

"小姐您好。"卡尔上校礼貌地冲着马克西玛打招呼，但他十分疑惑不解：为何将军的女儿会出现在此地。

"这儿居住着我的朋友，你们是要做什么?"马克西玛故作镇定。

卡尔狐疑地面对着将军的掌上明珠，他想辩解什么，却无话可说，他挥了挥手，军队如鸟兽散。

半年时间后，一场审判如期进行。现政府武装人员对马克西玛将军的独裁进行公决审判，要求判决其死刑。无数名贫民与乞丐向政府求情：将军的女儿马克西玛小姐救助了至少五百名贫民与乞丐，而这一切，肯定是将军的授意。

16 岁的小姑娘马克西玛凭借自己的爱心，救了自己的父亲。

1999 年，马克西玛在阿根廷邂逅了前来度假的荷兰王储亚历山大，两人一见倾心，相见恨晚。为了成就百年之好，马克西玛拼命地学习荷兰语言，当年年末，她有幸进入了荷兰王宫面见荷兰女王，而这却招致了荷兰军政界的一场地震，大家知道她父亲的背景，反对荷兰王储娶一名独裁者的女儿。

马克西玛在面见荷兰王室成员时，以一口流利的荷兰语阐述着自己的人生与梦想：

爱自己所爱的，恨自己所恨的，爱是善良，是一种沟通，不是语言与身世可以决定的梦想。因为有了爱心，可以消灭一切否定与不快。

2000年，马克西玛嫁入荷兰王室，成为荷兰王妃。2013年，随着荷兰女王的退位，亚历山大成为新任荷兰国王，马克西玛，这位传奇的王妃，一跃成为荷兰的王后，母仪天下。

你之所爱与你之所恨印证着你之为人。马克西玛是莅临人间的爱的天使。

过度安静，也是一种折磨

噪声已成为世界的公敌，向往安宁、祥和的生活氛围，似乎已经成为世界的正统。因此，许多服务性机构或者公司，为了迎合顾客静默的需要，开始强制在公司规定或者执行条款中增加静音的要求。不仅如此，在一些公众性场合，比如说候机大厅、停车站等地，也采取了相应的措施降低噪声。

印度孟买机场，自称是世界上最安静的机场。除了飞机的轰鸣外，你甚至无法听到高跟鞋与地板的摩擦声，因为地板不是普通的大理石，它是白蜡，可以消除噪声；候机大楼的设计保证不会产生多余的回音，不是高悬的建筑，而是理性化的柔软与低矮；取消了广播，所有的旅客必须密切地关注着显示屏，因为你一旦在排椅上进入梦乡，就有可能错过航班；还有，对于候机人员，有硬性规定，不准说话，你可以将话烂在肚子里，如果亲戚朋友之间沟通与交流，必须到专用区去，那儿声音也控制在 20 分贝以下，否则，一旦你高声语，自助警察会让你陷入"万劫不复"之地，不仅面临着高额的罚款，更有甚者，会被取缔本次旅行的资格。

开始时，许多人认为这样做会影响孟买的旅游业，因为来这儿旅行的人多是中国人、美国人，他们喜欢高谈阔论；还有专家说道，声音是要适度发出来的，一旦过多限制，会失去理性。而孟买当地议会却强制执行了这项法律，因此，孟买机场被标榜为世界上最安宁的机场。

但这项规定，却在 2012 年 8 月初遭到了前所未有的挑战，起因是一个刚刚招聘的服务人员，患有耳疾，不得不大声说话。他的出现，打断了孟买长达两年的沉默，很快，他被警察带离现场，而他在被带走时，一段极富煽动性的谈话点燃了一场暴动。

这个叫帕里斯的 40 岁男人吼着：不人性化的措施，长久地沉默，会让人发疯，三天不练口生，你们还会说话吗，还具人的本能吗？

一个小时后，一场规模空前的暴动发生了，机场的服务人员大声叫嚷着，旅客们也重新找到了自我，狭小的机场空间，立刻被爆炸的声音湮没。当天的暴动，导致现场六个航班延误，所有的服务人员罢工，旅客们罢飞，他们的条件十分苛刻：释放帕里斯，他是英雄；恢复原有的允许谈话的法律。

孟买当地警方协调了好长时间，才勉强恢复了安宁状态。但孟买机场的生意却斗转急下。许多旅客们不愿意从孟买机场中转，外地来的旅客们宁愿花费更长的时间坐火车，也不愿意忍受这样一项不可思议的规定。一位妇女接受《孟买日报》采访时说道，这是一种煎熬，要知道，我是一位演讲家，我是来印度演讲的，我无时无刻不需要训练，哪怕是与人吵一架，也是一种哲学，而在这儿，简直就是人间地狱。

孟买机场由于失去了竞争性，被迫关闭三个月时间，直到 2013 年 3 月，经过孟买当地议会与来自全世界的有关专家们商议后，取缔了在机场里保持静默的规定，但仍然不准高声说话，不准影响别人的生活。

这样的决定是人性化的，也是英明的，孟买机场重新恢复了安宁，许多人在那儿窃窃私语，候机楼的广播在小声播放着音乐，里面会有广播人员插播最新航班信息，好一番太平景象。

过度安静也是一种折磨，任何事物不要走极端，物极必反是一条颠扑不破的真理。

有一种幸福，已经设置了自动回复

庄子眉是被左胭脂赶走的，当天，我碰巧因为失恋的事情左奔右突，而他们二人作为父母，竟然从来没有将我的私事放在他们的天平上公平对待，我怔怔地看着他们将离婚协议书撕成了碎片。

自此后，我跟了左胭脂，我得到的一面之词便是：庄子眉有了外遇，这为世人特别是自己的女儿所不齿。

我恨透了庄子眉，皮肤白皙，看起来吃透人间烟尘，却尽做些吃里爬外的事情。

左胭脂一直拉拢我，这也是我顺从跟着她嫁给另外一个陌生男人的主要原因。在新家中，我是配角，默不作声地逆来顺受，另外一个横眉冷对的男孩子，一点儿也没有庄子眉那样慷慨，时而挑衅我的神经，或者将我得到的食品瓜分掉，只剩下一堆人间烟火。

左胭脂开始享受起来，这是新老公给她的最高礼遇，在以前，庄子眉会叮嘱她不要老躲在家中打麻将，需要去外面做事情，一是有利于身体健康，二是养家糊口。新老公不差钱，每天云里来雾里去的。

那一段时间，身体糟糕得要命，可我不敢告诉左胭脂，她总会在麻将桌前，惹得我无法完成作业，我懒得理她，便让自己的身体索性坏到透顶。

失恋的痛苦让我痛不欲生，学校里的班主任竟然在全班通牒了我，就差给我的母亲左胭脂下邀请函了，老师知道我的家庭状况，不敢惊动左胭脂，便拨通了备存的庄子眉的电话。

他来时，皮肤黝黑得像包黑炭，没有数落，将我拉到榕树下面，嘘寒问暖着。我不回答他，现在，我们是再陌生不过的路人，他有自己的新家眷，而我，只不过是无足轻重的角色罢了。

他从口袋里将大把大把的零钱掏出来，塞满了我的衣服口袋，我没有告诉他我身体上的痛苦，只是捂着肚子，痛苦不堪地狼狈回转教室里。

我学会了上网，是想找个人分担一下痛苦，竟有一个群主动拉拢我，我好想找个人倾诉一下内心深处的苦闷，我选择了同意，那个群有个很好听的名字"君士坦丁堡"。

群内只有十个人，群主的头像十分生动，竟然对我的到来表示欢迎，一系列清纯可爱的图像瞬间漂浮在眼前。

这个群内的空气十分清新，群主与群员十分积极地发言，讨论人生的各种难题，群主说自己是个心理医生，会给予解答的。

三天工夫，我便将内心的苦水如数家珍般地和盘托出，群主回了个大大的流泪图像。

静默了好长时间，我不知道如何形容自己的唐突。对一些陌生人，说出自己的真实感受，包括自己父母可怜的爱情，包含自己捉襟见肘的恋爱经历，一个17岁的中学生，哪堪忍受如此多的江湖风雨？

"你太可怜了，你的父母亲严重失职，你需要重新振作起来，你要照顾好自己的身体，有病要看医生，至于心理问题，我可以帮助你免费治疗，相信我，相信我们，相信我们的'君士坦丁堡'。"群主回答的话让我顿生暖意。

每天晚上做完作业时，我便会沉浸到如水一样的手机 QQ 里畅所欲言。在此期间，左胭脂与老公外出旅游了，只落下我与胖男孩在家中，胖男孩老欺负我，我需要为他做饭，还要看他的苦瓜脸。

我的爸爸庄子眉来看我，他一脸憔悴地问我在此是否幸福？是否愿意跟随他？

我丢给他一脸难堪，我说道："你们都有自己的幸福，唯我没有？我不需要你们的假惺惺。"

庄子眉解释着："我一个人，至今一个人，不信，问天问地问良心。全是你妈说的谎言，没看出来吗？她早就预谋好了，说我有情人，我这个瘦弱的样子，谁会看中我，我一无钱，二无貌，可能吗？"

我轰他出门，听到了他无奈的叹息声："英子，有空了回家看我。"

左胭脂的老公开始对我的表现不满意，有一阵子，他们轰我回学校去住，理由竟然是我耽误了他们夜晚的娱乐生活。左胭脂想阻拦，便一想到她需要人家的钱后，便选择了沉默。

我头一次去找了庄子眉，看到我进门，他从电脑后面站起身来，脸色煞白地招呼我在满是垃圾的屋中找个干净的角落坐下来。

他电脑上的 QQ 头像不停地晃动着，他不好意思地笑笑。

我害怕耽误他的好事，于傍晚时分不辞而别，满大街尽是他歇斯底里的狂吼声："我的女儿呢，她去哪儿了？"

大雨如注，我躲在一处无助的角落里落泪，我真的成了孤家寡人。

照例上网聊天，群主竟然不在线，群员们一个也不在线，我无可无不可的，在网上留了言后，请群主到了回复我："我遇到了难题，我的爸爸想要回我，我不知所措。"

才听到一个不幸的消息，庄子眉竟然住了院，据说是大雨的当晚，跌进了下水道里，额头严重擦伤，我去看了他，毕竟一脉相承的血缘。到时，左胭脂居然也在，提了大把大把的食品，他们不说话，庄子眉招呼她坐下，她无处容身，看我进来，夺路而逃。

头一次，我们真心地说了话，天南海北地聊天，他竟然与我谈起了爱情，谈他和左胭脂糟糕的过往，他对我的爱情故事了若指掌，叮嘱我现在不可恋爱，将爱埋在心里，等上了大学，储存好的爱情资历便可以随便运用。

他白天在一家工地打工，晚上回家时便吃泡面，本来身体就弱，这样的折腾使得自己苦不堪言。

他一直没有找到合适的，原来的原来，所有的故事全是左胭脂的生搬硬套，我有些同情他的遭遇。

我一直没有收到群主的回信，这令我十分遗憾，可能是他遇到了变故，家门不幸，或者是爱情受挫。每个人都在念经，但每个人都有念不好的时候。

我拿了钥匙去庄子眉家里，在破烂不堪的家中寻找他一件像样的衣服，不是潮湿得要命，就是早已经破损。

竟然看到了他的电脑，QQ头像闪个不停，我好奇地翻阅起来，"君士坦丁堡"群，信息全是我发过来的，他是群主兼十个群员。

我突然间号啕大哭起来。

我用自己的零花钱为他买了一身像样的衣服，他臭美地出院时与我一起回家，我可以正大光明地将手臂挽在他的胳膊里，遇到熟悉的同学时，我会名正言顺地给大家介绍：俺的老爸。

我回到了庄子眉的身边，尽管左胭脂不依不饶，但一个女人无法阻止另一个女子的执着，我要送给庄子眉一份晚到的幸福。

家中恢复了生机，庄子眉可以郑重其事地坐在电脑前面写自己喜爱的烟火文章了。

课间十分钟时，我在手机上好奇地单加了庄子眉的QQ，给他发了个问候信息，对方竟然传来了自动回复：我亲爱的孩子，爸爸热烈地欢迎你回家。

辞职，也可以做成美好的事情

辞职总是充满火药味道，不是为薪资争论不休，就是满脸沮丧地离开。但总有些聪明的职场人，来时充满精彩，走时也走得美不胜收。

英国有一个人叫辞修，他原本是一个蛋糕商人，由于金融危机冲击，便只好应聘到一家汽车公司当修理工。工资并不高，老板是个刻薄之人，经常对他们横加指责，许多人选择了离开，走时义愤填膺，不是在老板的办公室门前搞恶作剧，就是将整个汽车修理厂搞得乌烟瘴气的，老板与留下来的员工均是苦不堪言。

辞修想重操旧业，因为金融危机的风浪已经过去了，经济回暖，如果不趁机再大干一场，恐怕年华已逝，无力回天。

他想跟老板辞职，但历次的辞职经历让他有些望而却步，汽车修理厂缺少的正是像他这样能干的人员，如果贸然辞职，可能会遭遇尴尬。

因此，他苦思冥想后，在老板生日到来前夕，别出心裁地在蛋糕上写了一封简短的辞职信，做工精良，独具匠心。这枚蛋糕被人送到了老板办公桌前，首先带来的是一阵喜悦感，老板一改往日的忧愁，一边品尝着香甜的蛋糕，一边品味着那封辞职信。

他打电话叫来了财务人员，将辞修剩下的工资如数结算，并且在他的蛋糕房开业时，送去了贺礼。

不仅如此，双方往来频繁，竟然成了好朋友，经常有业务发生。

一份蛋糕，一份与众不同的辞职信，不仅收到了想要的效果，另外带来的更是商机无限。

在美国拉斯维加斯，一个年近四旬的中年人，由于身体不适，需要从一家公司辞职，根据需要，他要提供医院的一份检查单，包括一封辞职信。这个中年人在辞职信上下足了功夫，辞职信不仅绵长，且言语充满了感激之情，他花费了至少七天的时间写这封辞职信，信中不仅有对生活的感悟，更有在公司学到的知识总结，言辞中没有懊悔，更无尴尬，有的尽是春风满怀，让老板看后在感动的泪光中签下平时难签的名字。

美好无处不在，只要你有足够的、充分的、发现美的眼睛。在看似糟糕的职场中，照样有感动存在，照样有美好雪藏，我们为什么非要将事情做到剑拔弩张，为何不可以好聚好散，再见面时依然当作好友、知己。

这些看似简单的事情，其实需要沟通与精心策划。只要心中有美的存在，再差的地方也会有天堂。

有一种时光，我们会故意错过

21 岁那年，我错过了一段相亲时光。

对方不知道是谁？媒妁之言，让我家的门槛踏破了补，补了又破，缘于我的自负与俊俏，我的爱情并不顺风顺水，母亲为此白了头、哭成了泪眼。

由于成了常态，那天，我故意装作身体不舒服，而在一里以外的镇上，一场相亲大战刚刚揭开序幕。

媒人厉害，竟然安排了三场相亲，独我没有到场。

据说姑娘哭成了泪人，听说媒人对我耿耿于怀，发誓诅咒让我的下半生形影相吊。

我的借口十分轻松，装病，人吃五谷杂粮，谁能保证他不生病？

但后来却后了悔，因为，我旁敲侧击地知道了那个女孩的确切消息，居然是雅子，我从小便暗恋的对象。

而我得知这个消息时，雅子早已经成为人妻，我后悔不迭，为此郁郁寡欢了好长时间。

雅子的男人身体脆弱，不经风雨，我甚至认为她掉进了火坑里，没有将自己的爱亲手送给她，我感到人生如戏。

几年时间，我入城、结婚生子，直到中年。

忽然回乡，高楼林立，才知道了雅子的幸福。雅子有一段时间一直为男人煲中药，中药硬是治好了男人的病，男人事业有成，五年时间，便成了首屈一指的富翁。

雅子经营着自己的店铺，笑不露齿，不显老，不臃肿，好一幅美好的春光。

我远远地看到了她，不敢说话，我害怕自己的落魄纠结一段原本美好的旧时光。

如果她嫁了我，恐怕会进城，恐怕会在蜗居中怆怆饯饯。故意错过的美好时光，成全了别人，我理解，我庆幸，毫无懈怠之心。

总有一段时光，会从我们的手中溜走，成雾、成蝶、成烟云。时光是用来消费享受的，虽然它不是卖品，更无法用金钱形容、埋单或者买醉。无论是酸涩，抑或坚强，我们都应该庆贺自己遇到了，爱过了，或者是根本就是一个简单的路人。

每天，送自己一朵玫瑰

女人离婚了，郁郁寡欢、想死的心占据着心灵的高地，想起婚前的风花雪月、灯红酒绿来，转眼间便如过眼烟云，女人觉得自己以前太傻了，对他太好，对己太差，不缺钱，缺的却是活色生香。

女人打算送自己一朵玫瑰，恋爱时，男人经常送自己一大束玫瑰，她曾经为此海誓山盟，泪光蒙眬，但男人后来转移了目标，将玫瑰送给了另外一个女人，据说那女子年轻、妩媚。

玫瑰于第二天一早被一个帅气阳光的小伙子送到了自己的办公室里，当时，会议正开，灯光正亮，女人的脸上闪现了少有的虚荣与浪漫。同事的议论成了一种催生喜悦的药，原来，人都是自私虚伪的，我们其实却是人言人畏的面子与尊严，而一朵玫瑰，竟然圆了自己的梦。

女人一整天活在潇洒的境界里，心情舒畅了，工作也做得风生水起。恰巧老板来访，一屋子的员工们，七嘴八舌的，将她所带领的团队说得喜气洋洋，老板感动得热泪盈眶。

她才明白，拥有一个好的心情是多么惬意的事情，因此，她决心将虚荣进行下去，每天一束玫瑰，不间断，不停歇，像雪，像雾，像花，更像有病人需要的良药。

办公室里花开满园，下属才知道领导爱花，于是，找来了花盆，将整个办公室变成了海、换成了洋。

一个客户来访，谈判陷入了僵局，其间到办公室找她，一下子春风满怀，一个喜爱玫瑰的老总，再多的尴尬也只能烟消云散。

老总一定恋爱了，祝贺她吧。同事们将整件事情炒得甚嚣尘上，只有她依然故我，淡定成了她的唯一特征。客照样请，酒照样喝，玫瑰照样送，几个好事的家伙私下里进行了人肉搜索，但就是无法查清缘由，急得他们如热锅上的蚂蚁。

每天买束玫瑰送自己，有什么不可以？谁规定了女人不能送自己玫瑰？有爱情的生活固然很美好，可是爱情不是生活的全部，在缺失爱情的日子里，送给自己一束玫瑰花，有什么不可以？

玫瑰开了谢，谢了扔，新的补充进来，日子如烟尘般过去，女人忘了过去的恨，爱上今日的好，脸上再无风云变幻，换成了喜上眉梢。

大家不再猜测这样深不可测的事情了，直到有一天，送玫瑰的小伙子，拜倒在她的办公桌前，一大捧的玫瑰，感天动地的那种。她惊呆了，那个替自己送了两年花的小伙子，竟然爱上了她的浪漫与执着，姐弟恋也好，包藏祸心也罢，反正，他是爱上了她，不可收拾的爱。

才知道，爱情重新回来时的美好：好的心情便是巢，自然引来凤凰；这么多玫瑰，自然可以招蜂引蝶；那么多的倾国倾城，自然可以赢得青睐。

这是福，更是活法，也是一种望尘莫及的爱。

月是村的眼睛

最美的风景在乡下，乡下最美的风景是月亮。月亮大得出奇，愿望在月光里注脚，爱情在月光下升华，淳朴在月亮中发酵。

月是村的眼。阴是村在眠，晴是村在醒。

月在乡下绝对是主角，没有月亮的乡村不叫乡村。

驴是月中的主角，跺一跺脚，便是一个晨曦。驴通常是执着的身份，从不嫌弃卑微，但驴却在乡下逐渐消失成谜了。小时候的乡下，驴的故事口耳相传，如果哪家有一头质地考究的驴子，它便会成为宠儿，小子们竞相围着它疯狂。

总有些喜欢读书的小子们，在少时没有灯光的乡下，坐在天井当院里，就着温暖的月光读书。其实对眼睛是一种考验，因为月光太高太远太神奇，等到从遥远的国度扫射到俺们身边时，早已经式微，因此，俺们通常将眼睛紧紧贴在书上，有时候需要猜测。但这样的读书却对心灵是一种锻炼，月光通常调皮得很，从云中穿梭，时而闭目养神，时而如日中天，这让你的心灵无法完全融入书本上，从刚刚阅读的内容中汲取营养后，再浮想联翩。

月光华华，无法无天。月光下不仅有善良，也会有邪恶产生，在乡下，小偷是月下的追逐者，几乎每家每户，都有对付小偷的良方，那时候最珍贵的恐怕就是粮食了，粮食通常垛在仓里，有些仓藏在地上，铁将军把门，更有些有智谋的家主，狡兔三窟，在外面的院子里，做成放粮食的样子，其实粮食早已经雪藏起来。

但小偷很精明，通常不会在有月亮的时候出没，为了防备万一，乡下便流行做月亮灯，像月亮的模样，悬在院子里，一酥子油，满满地，不需要买，是从野地里找的蓖麻油，月亮重新回来了，其实，我们需要的就是那一盏子月光，因此，月亮俨然成了每家的门客。

我最喜欢的便是在睡觉时，月光从窗户外面直射成景。那时候房子低，不会有什么高大的建筑物遮挡住月光，若是在现在，月光便成奢望了，因为窗子通常被前面的二层楼挡住了。阳光从不到访，月光简直就是稀客，最好的办法便是灯光了，白得耀眼刺目，没有柔和。在月光与灯光之间，我宁愿选择前者，爱的便是那份传统，但我不敢违背前进的步伐，便也只好刻画无盐、唐突西施了。

现在最怀念的就是月光了，整个村庄早已经被夷平，高楼耸立，挡住的不仅仅是月亮，还有情感、自然，月光早已经成了一种怀念，雾蒙蒙的夜晚，月光每每选择了不在服务区。

原来，月是村的眼，眼睛也有流泪的时候，也有迷蒙的时候，也会困得无法睁眼的时候。

其实，村是月的媒介。村也有落伍的时候，人也有掉队的时候，爱也有被财灌醉的时候。

品如海，德如玉

　　我之所以委身于这样一家不起眼的玉器店里，其实是为了锻炼自己，我的目光非常长远地盯在了本市最大的一家玉器厂里，那家"良好玉器店"是全国连锁店，以制造各式各样的玉器而闻名天下，我曾经去那儿应聘过，但两次均以失利而败北，原因十分简单，我的技艺水平远远达不到他们的要求。

　　这家小玉器店生意并不算好，老板是个外乡人，对我倒算器重，工资也开得足足的，但我并不满足，总感觉有一种寄人篱下的沧桑感，有时候会将怨气带到工作中。在制作几件小型的首饰时，我甚至出现了差错，好歹我头脑灵活，在玉器上稍微做了些改动，掩盖了缺点，客户没有看出来，我为自己的聪明才智感到雀跃。

　　半年时间，我的手艺提高得很快，老板体弱多病，除了老板娘定期管理财务外，玉器店内的大小业务已经全归我管理了，我的手下管理着四五个新来的技校生，我经常坐在板凳上，端着茶壶，指点江山，看着他们疲惫不堪地穿梭于玉屑中。

　　一个下午，一个老板模样的人，送来一块玉石，要求按照尺寸打造一款饰品。外行看热闹，内行的人一看就知道这是一块好玉，质地优秀，肉眼测量后，我大喜过望，因为只要使用原材料的 60%就可以完成这件饰品，也就是说，那 40% 的余量，可以归我所有，我初步估了价：余量大约值 10 万元人民币。

我的心七上八下，眼中闪烁着激动的泪光，想到微薄的工资，想到女朋友没有房子不嫁的气势，我的心再也无法平静。

我亲自动手，给几个年轻的小伙计们放了假，我的理由十分简单：这样一个壮观的饰品，我要亲自操刀。

果不其然，我只用了一天时间，用了 60% 的原玉，便准确无误地制造出了一块饰品，站在专业角度来看，我打造的这块饰品绝对可以称为上品。

接下来的时间里，我将剩余的那块原玉进行了打磨，我想着为女朋友打一块精美的礼品，功到自然成，晚饭前夕，两块美丽壮观的饰物摆在我的面前，我将客户的产品小心翼翼地用红布盖好，而将另外一块饰物摆在了桌子上面。

晚上一直在做噩梦，良心纠缠，一会儿是母亲对我的责备，一会儿是魔鬼来袭，我醒后，汗水打湿了被褥。

正当我颤抖着手摩挲这块奇妙的饰物时，客户竟然提前到来，我忙不迭地将两块饰物摆在一起，心里想着应对的策略。

那个老板模样的人左右端详着饰物，看完后，一把攥紧了我的手："年轻人，你太优秀了，不仅技艺超群，还有品质优秀呀，我说过，我不会看错人的，老梁，你出来吧。"

身后，我的老板梁师傅走了进来，我如坠五里雾中。

原来，这家玉器店的老板梁师傅，与"良好玉器店"的总工程师白师傅是师兄弟，梁师傅玉器店加工的也多是"良好玉器店"接受的市场产品，他们其实是一脉相承的服务关系。

白师傅早就看中了我的手艺，但梁师傅却发现了我的缺点，比如我好耍小聪明，好几次将有缺陷的产品送到客户手中，于是，他们巧妙地设了这个局试探我的品质，如果我将那块玉占为己有，迎接我的可能是法律的制裁，而幸好，我悬崖勒马。

如今，我顺利地进入了"良好玉器店"的制造车间工作，车间贴满了警示人的标语，其中有一条引人注目：品质如海一样宽广，品德如玉一样纯净。

发如墨，爱若月，情似雪

世间最美的风景，莫过于有一头乌黑如墨的头发。发要细、柔，轻盈如风，跳跃如雨，调皮如电。发如墨的女子，一定是世间最温柔的女子，她一定拥有世间最柔和温暖的爱情。

发，是人体中最柔软的部分，但却不算是最令人揪心疼痛的元素。发，连着肤，却与神经无根本性关联，一根头发，区区毫毛，不缺，不可惜，掉在地上，如纤尘，不引人注意。所以说，一根发算不得长久，而一头发，才会引人注目，要的就是这种团结的力量。

小时候，头发稀黄，电视上一直播送广告，期望得到一袭如墨的卷发，便成了半个少年的梦想。做得最出格的事情，莫过于在人前邀功显宠了。为了得到一句夸奖，半瓶墨水，不稀释，稀释的人生不算好人生，一股脑儿，趁着无人在意，毛笔轻挑帘笼，如烟的细雨袭击了长发，我花了两个小时收拾残发，又花了两个小时的时光收拾自己乌黑的脸蛋，好不容易收拾停当了，等着风将头发吹干，出了门，拐了弯，信誓旦旦、自以为是地以为自己成了小街最艳羡的风景。

听起来虽然令人恼火，但爱美之心，溢于言表，谁不愿意自己长得羞花闭月，没有一个好的脸庞，尚可原谅，但如果失去了嫩草一样细美的发丝，

196

便煞了景，凉了心，情何以堪。

于是，我的枕头上，风景如画，我的课本上乌七八糟，在一堂必修课上，汗水与泪水交织在一起，凝固成一道泼墨山水画，一转眼，便是十年光阴。

才知道头发也需要保养，才知道发可以掩饰内心的惶恐，发可以带来爱情。

头发保养的方法有许多，如今，最推崇的莫过于梳头了。幼时，担心头发掉得多，不忍心轻摇梳子，但听大人们讲：持之以恒认真地梳头，可以促进血液循环，滋生更多优质的头发。于是，每天梳头发，缓慢，不惆怅，梳头也需要一颗平淡的心，你别指望一日两日就会收获颇丰，这是一种坚持，也是一种释放，就像爱情，一天不可能见得真心，一辈子的爱才是最凄美壮丽的人生佳境。

发可以绾，更要结，而最优雅的莫过于盘了。我本家的一个姑姑，是盘着发嫁出去的，据说这样可以带来爱的好运，果然如此，疼她的是个小她三岁的男人，一生最割舍不下的就是她，大半辈子光阴荏苒而过，依然疼爱如初。这是一个有关于头发的最佳案例，因此，我从小便认为发像伞，如树，罩着的是你的幸与财、清与冷，年华如梦。

"宿昔不梳头，丝发被两肩，婉伸郎膝上，何处不可怜。"

这样的诗句，配上发的香、柔，最湿、最粉，最最让人忍俊不禁，放下心事，柔软无骨般的生存，世间的生活莫过如此。

最怕发如雪，因为爱恐怕早已失去，老可能已经降临，任凭你多少油恐怕也换不得青春年少？我最怕一个人孤守一份关河岁月。

于是，趁着发如墨的时候，好好爱吧，就像听宋词、唱唐诗那样随和，不落窠臼。

于一个雨天，在某处江南，擎着俏丽的发，打马走过人生的一隅，就这样吧，好好珍爱自己的一颦一笑、一嗔一闹。

发如墨，爱若月，情似雪。

一只蝉，记住了夏的香味

一脉一脉的香气尽情缠绕，肆无忌惮地攻击着每个路人的鼻孔。

如果你以为这是春天，就大错特错了，春的香是初生牛犊，香得迷人醉人，让人喘不过气来；如果你猜测，许是秋意渐浓，玉米高粱的香味，一股脑儿地释放出来，季节只能哀叹你不识时务；还有人会说，不会是冬天吧，冬意冷清，肃杀天地情感，难道是雪花产生的香气吗？

没有人会喜欢夏季，只有蝉，还有无边无际的玉米与麦浪，植物是夏季的精灵。没有夏的季节不叫季节，没有蝉的夏天不叫夏天。

从小起便讨厌夏天，这是许多人的通病，夏过于热，尤其是全球变暖后，倘若你不待在空调房里，就无法熬过苦夏。

总有一些生灵可以特立独行，适者生存对于人类的免疫力可能降低了，而蚊子成韵、蝇虫漫天，在这中间，袭击最猛烈者，唯有蝉了。蝉是叫嚣者，是梦，是夏季蠢蠢欲动的始作俑者。

热浪一阵阵袭来，毫无舒服之意，汗涔涔地，失了色，淡了妆，姑娘媳妇们拼命地收敛起自己漂亮的脸蛋儿，唯有蝉笑了，躲在树荫下乘凉。

树是蝉的空调，蝉是树的使者，总有一只蝉，欣赏树的魅力；总有一只蝉，记得夏的香。

农村是蝉最后的庇护场所，如果在城市里，难得听到蝉的呐喊，就是偶尔抬头看到一两只疲倦的蝉路过，像动车一样消失在视线的尽头，你也应该知道：城市是一个农村到另一个农村的距离，蝉丈量过了千年。

我从来没有仔细地观察过一只蝉，只是小时候虐杀成性，童心未泯之时，曾经淘气地捉了它们，揪了翅膀，然后看着它们无助地在原地徘徊。忽然觉得自己过于残忍了，一只没有翅膀的蝉如何凌厉地飞行于人与人之间；一个没有翅膀的孩子，如何才可以翱翔于大千世界？

蝉陶醉依然，在小树林里，在傍晚，在雨前，在情人眼里，在父母跟前，饱含着热情的笔触，抒写属于夏的爱。于是，整个树林里都是夏的香气，香来自于树与花，而生物们最应该感谢夏了，热气是植物生长的源泉，太阳是主宰，这是自然界最博大无私的爱了，没有保留，无须苦口婆心。

忽然觉得这样的爱才是最公正无私的，要不要，都要给，不管你接不接受？

蝉是夏季唯一得到真传的生灵了。居高声自远，声名远播于古今中外，一记蝉声，缠绕千年时空，翻越万载史册。

总有一只蝉记得夏的香，总有一个人值得你用心欣赏、珍藏，不管爱与不爱，相遇了，路过了，便是一种缘，就像蝉躲在树梢上，瞥见了蚁的笑、虫的叫、风的娆、美女的妖。

这才叫作夏天。

这才是威风八面的生命。

月是幸福与生命的最好媒介

月悬于中天，纳闷且氤氲，她想送给人间以博大、清闲，成片的月光是她的馈赠，希冀用一种爱的方式播撒世人，世人皆朦胧，没有多少人能够明白一枚月的夙愿，虽然他们用无数诗歌颂了千载万年。

月是中秋的卷首，节日因为有了月而备感妖娆、华贵，月代表着思念与团圆，本身就是一种愿望，聚少离多本是人生的常态，有谁能守着一轮明月终其一生？

月是最凄美的场景了，沿着这家走向那家，走向繁华，走向万家灯火。月闻到了人间烟火，有烟火的气息才是生命的征兆，这世间没有随随便便的瓜田李下。

小时候，灯少、人也少，车稀疏得要命，没有烟尘缭绕眼帘，最亮眼的莫过于乡下的月亮了。大而奇，俏而美，你在月下可以做各式各样的伎俩，月不会怪罪，月是人间的使者，从来用慈悲的心肠面对着苍生。月知道你不容易，知道你要辛勤地劳作，明白你在无灯的岁月里，可以借一袖月光让书生意气挥洒。

月是有头发的。这是出于谁之口，早忘了，因为柳树毫不留情地将自己的流苏挂在月梢，人约黄昏后是一种全新的意境。那时候的爱长久、痴缠，没有敢随便越出雷池，更不会借着月色随便偷窥别人墙头的风景，月不乐意，收敛起自己的光芒，你偷了，便是贼，人人皆可唾骂的贼。

为何人的记忆如此禁不起时间的敲打，为何人总怀念小时候的往事？是纯，还是怀念，抑或是成人世界的不满，但不管如何，月浏览了千年，从不消停，她将文明窝藏，将灿烂雪藏，多少硝烟弥漫，她依然坚挺着走了过来。人再强大，也无法左右月的行踪，人再懦弱，也可以让自信盈怀，这便是生命的矛盾。该来的你挡不住，你没有的，休想得到。

月也是一把刀，圆月是刀在藏，弯月是刀在露，砍了你的笑，割了你的娆，还一个政治清明、太平盛世。

月下的风景最为强烈，爱是萌动最厉害的情愫了：风是柳的爱，月是媒婆，不絮叨，真正的爱要的是持久性的浪漫，不是一勺一碗一天时间。月是世间的爱，月下之风，总是衬托着吉祥与如意，风温柔着刮，月与风一唱一和，将这样一个中秋节，唱成了风花雪月，颂成了秋意四起，而秋月无边，风云际会才是人生的赞美诗，万事万物要想成功，都离不开前赴后继。

月毫无停留之意，月从不知疲倦，不管你要或者不要，她总要虔诚地播下圣意，月光是她的语言，一唱一世界，一和一菩提。

总有幻想着可以摘下月光来，别成一首诗，长成一束发，栽成一树花，更或者摇身变成一位美妙的少女，要与我厮守一抹百年时光。

人山人海，路过了便会忘记，哪怕他是旧情抑或新欢。

月光华华，让你用一辈子时光珍藏她的爱恨情愁，就像在这样一个执着的夜晚，万籁俱寂、生事造谣，一个憔悴瘦弱的中年人，用满腹才情，裹下了一袖月光。

一寸阳光，一寸天堂

手机听筒里，传来你雀跃的笑声，虽然相隔千里之遥，但我依然想到了你翩翩起舞的身姿，以及年少时的样子，你没有明眸善睐，却生着巾帼不让须眉之豪气。你在电话里给我说了一大堆分别之后的甜话，最后你切入了正题，你说："我要嫁人了，一个愿意爱我一辈子，不嫌弃我的人。"

一句不嫌弃，让我愧疚万分。

10 岁那年的冬天，原本狭窄幽长的家中来了你这样一位不速之客，我的堂姐，长我两岁，家境贫寒，眼睛失明，天生侠骨柔肠，想出人头地，却辗转多年。农村没有盲人学校，在父亲的帮助下，在市里的一所盲人学校偏安一隅。

本来无可厚非，与我半毛钱关系也没有。偏偏是你占了我家的一席之地，我们一家三口，15 平方米的房子，本来早已经拥挤不堪，如今你的到来，无异于一颗石子激起万顷波澜。

我与父母理论，父亲差点揍我一巴掌，父亲嚷嚷道："她是我兄长唯一的女儿，从小受尽磨难，你就不能让着你姐？"

一向视我如掌上明珠的母亲这次也站在父亲一边，与我商量了半晌时光，我最后妥协。

一张小床，硬生生地塞在狭窄的楼道里，表姐摸索着做饭，盛饭给我，我坐在主人的位置上，颐指气使。

年少的心总是浮动的，我在暗地里与你约法三章，你今生都要成为我的仆人。

你没有反对，而是用加倍的服务照顾我这个妹妹的无理取闹，我青春年少，不明白尊严的代价，我只知道一味地索取，直到有一天，你跌倒在楼梯口，脸部出了许多的血。

你从来不在父母面前责怪我，更不会告我的黑状，这是我最欣赏你的地方。

漆黑的夜晚，我上厕所，厕所在房间外面，你则推开冰冷的门，替我把风，为我放哨；而如果是你上厕所，我则心安理得地躺在自己的床上不管不问。有一次，外面风大得很，等了许久没有见你上来，我便仗着胆子下楼，蓦地，在楼道下面听到了哭声，原来，你走错了方向，深夜，没有人可以询问，开始时一直摸索着上楼，但有两次都敲错了家门，对方骂骂咧咧的样子，12岁的女孩子，见到我时，哭了个稀里哗啦，我头一次有了一种负罪感。

对于你的失明，我一直有好奇心，除了捉弄外，我便有时候想套出你失明的实情，但你却不讲，我逼问急了，你便草草吃了饭，躲在厨房里收拾碗筷。

那天父母出差，叮嘱我下学时，要做好两个人的饭菜，我答应了，但我却起了坏心，我故意邀请了一帮同学到家中做客。以前时，父母会尽地主之谊，安排一桌子山珍海味让我们享受，同学们对我家怀有深厚的感情，而我做的菜不好吃，于是，我想到了你。

我在楼道下面等你，你喜出望外，等到我讲明了事情的经过后，你愁眉不展，我嘲笑道："如果不行，我便让他们回去吧，反正丢的也是我父母的人。"

你郑重地点了点头，从自己的匣子掏出了一大笔的毛毛钱，整了半天时间，才忙不迭地下楼，你对周围的环境十分熟悉，因为你不止一次去过菜市场，那儿的人也十分照顾你，你只需要说出菜的名字来，便会有无数的好心人围上来，为你排忧解难。那些人单纯、质朴、善良，不全为钱，善良是每个人的眼睛。

我与一帮同学们在外面吆五喝六地吹牛，说到谁喜欢谁的问题时，整个家中成了嬉戏的海洋。我按捺不住性子，有好几次跑到厨房里探望，你则以一句句"快好了"敷衍我，反正冬夜漫长，反正时间尚早，我告诉大家要认真品尝一下我堂姐的手艺，大家举手鼓掌。

菜开始陆续上了，我以东家的身份，斟满了饮料，为将要远去的日子压惊，更为明天的精彩加油。

你动作十分灵敏，一点儿也不像个盲人的样子，端菜的样子也十分楚楚动人，同学们说我有个好的堂姐。但危险还是出现了，鱼汤上来了，一个同学不经意间使了坏，钻到了桌子下面，堂姐端鱼上来时，那家伙正好弹了出来，鱼汤落在他的身上，现场一片尴尬，我盛怒之下，拍案而起，"你没长眼睛吗？往哪儿看呢？不知道自己什么身份？"

我不可一世地将内心藏着的怨怼撒了出来，那位同学大声叫着："没事，没事，正好洗了个鱼汤澡，好不舒服？"

我依然咄咄逼人，我毕竟是家里的主人，不能就这样冷场。

"你眼睛看不见呀？"一位同学脱口而出，你话也不说，躲进厨房里，任我如何推门也不理。

同学们站了起来，那个受伤的家伙说道："任小翠，我没有想到，你竟然让一个看不见的人为我们做菜，你的爱心上哪儿去了，我鄙视你。"

　　不止一个人鄙视我，我成了被愚弄的对象，我错了吗，错在什么地方？

　　同学们三三两两地走了，他们扔出了狠话，说我不善良，没有爱心，对一个盲人竟然不知道心疼。

　　我的哭声比你的厉害，当你意识到事情的严重程度后，你顿足捶胸说都是自己的错，说明天会登门向同学们道歉。

　　我事后才知晓：这顿饭，花了你一年多的零花钱；为了这顿饭，你差点被煤气熏倒在厨房里。

　　第二天下午时分，你却出现在我的学校里，一个盲女，到处叫着我的名字，学校传达室的老人领着你找到了我，你兴奋地握着我的手，满是愧疚，同学们围过来时，你郑重地与大家道歉，要求大家不要离开我，仍然成为我一辈子的朋友。

　　那天回家，是我牵引着你过的马路，我才知道，每天下学，你是经历了多少磨难才回到了家？你寄人篱下，整日战战兢兢地与我相处着，只不过是为了讨我的欢心。那天回家，我破例进了厨房，你告诉我的：要做一个"进得了厅堂，下得了厨房"的女子。

　　本来早已经和平相处，但后来发生的一件事情，又成为我为难你的导火索。

　　我背着父母藏下的零花钱，竟然在一夜之间消失无影踪，我认定是你做的。我不假思索地将目标瞄向了你，最近你行动诡秘，总是围着电话不停地转悠，准是你家中出现了困难，而无意中发现了这一笔不义之财而想据为己有，或者是邮到家中应急。

吃饭时，我提醒了你，而你如打太极一样，视而不见。

在第二天晚饭时分，当着父母的面，我嚣张地问你偷我的钱没有？父亲想打断我，却被我无情地妨碍了，我告诉父亲："她吃我们的，用我们的，不就是贪我们家是城里人吗？钱不够可以说，我可以送给她钱，哪年回家，不送给她家钱呀？"

一记耳光扫了过来，我感到头晕目眩的，母亲并没有拦父亲，倒是你，假惺惺地过来劝阻，我不听时，你竟然轰然跪倒在地上。

母亲过来搀你起来，你说道："不要为难妹子，钱是我拿的，我贪财，我不是人。"

父亲从怀中掏出了我的那笔零花钱，原封未动，连我在钱上面写的电话号码也若隐若现。父亲说："你的钱，早被我与你妈发现了，想给你个教训，没有想到，你竟然是这种品德？"

我刚想反对，妈却说道："你不是早就想知道，她的眼睛为什么看不见了吗？我告诉你一个故事：一对父母，在乡下生活，孤独无依，他们生下了一个女儿，却无力抚养，孩子有病，救治不及时，终生成了盲人，父母想进城，他们不想让孩子成为他们的累赘，他们将孩子送给了自己的兄长照顾，兄长几十年如一日，将孩子抚养长大成人，孩子乖巧聪明，虽然眼睛看不见了，却不情愿一辈子没有知识、没有文化，她要进步……"

所有的不快均已经烟消云散了，你是我的亲姐姐，一辈子都应该好好相守的姐姐，你处处护着我，而我则以怨报德，你对我的好我视而不见，而时时将困难与危险强加在你弱小的天空里。

从那天起，你已经成了我世界上最亲的人了，我每天早上送你上公交，下午放学，则站在家门口的公交站牌前等候你。有一次，晚上八点了，仍然不见你的人影，我风风火火地到处寻你，原来，你迷了路，瘦弱的身躯在寒风中颤抖着，我将你紧紧地搂在怀里，我说："姐姐，吓死我了，你答应我的，一辈子都不离开我。"

我上了大学，必须要远走高飞。而你则从盲人学校毕了业，你学了一门裁缝手艺，做得一手的好衣裳，你是个人见人爱的才女。

火车站，和你站在一起的，是一个高高大大的男孩子，男孩子愿意照顾你一辈子。你主动与我幸福地拥抱，一左一右，迎着闪烁的阳光。

我曾经答应过的，要做你生命里的一寸阳光，在你最寒冷的时候照耀你的世界，我没有做到，我不是个诚实守信的孩子，我有我自己的生活，我要开花，要结果，要寻找自己的幸福。如今，属于你的阳光真正地降临了，我从心底里为你高兴欢呼。

那些磕磕碰碰的往事早已经灰飞烟灭了，一寸阳光，一寸天堂，我只想在你的耳边告诉你：姐，我会用一辈子的时光爱着你。

对每一朵花微笑

他是远近闻名的种花大王，种出来的花儿带着灵魂，总是那么大、那么靓，让人看了便产生出一种怜香惜玉的感觉，恨不得掏出所有的积蓄换得一朵花的倾国倾城。

附近还有许多花农，种出的花儿总是没有市场，他们的花与他的花总是相形见绌，就像一个是丫头，一个是名副其实的小姐。

我们记者终于按捺不住好奇的心情，去采访他成功的秘诀。他始终一脸微笑，看花看人一样的神态。他没有直接回答，可能这触及他的商业机密，他只是邀请我们留下来观察他侍弄花的整个流程。

他一会儿给花洒水，一会儿蹲下身子与花说话，遇到一束有些伤痕的花，他会低下头去，像爱护自己的孩子一样嘘寒问暖，让我们一时间忍俊不禁，以为他在故意隐瞒什么，这世上有一种潮流叫大智若愚。

他放起了音乐，一会儿是欢快的桑巴舞曲，一会儿是低回的高山流水，我们一时间哭笑不得，便跟踪前去一探究竟。

我们惊奇地发现，他对待不同的花族，竟然放的乐曲不同：玫瑰花，他放的是柔美的小夜曲，海棠花，他放的是俏皮的可爱的儿童音乐，我们一时间云里雾里。他在旁边解释着：花的脾性如人，性格不一样，乐曲是不一样的，你如果将玫瑰花放成了舞曲，它会变得粗放而不适合爱情，不同的花适应不同的音乐。

月光华美时，整座花园里一片寂静，老人示意我们远离花群，说它们在睡觉，不仅如此，为了抵御外面的噪声，他竟然关闭了天窗，整座花园好像是一个温暖的襁褓，孩子睡在温柔的梦乡里。

我这儿没有什么秘密，有的你们都看到了，花如人一样，需要关怀与呵护，还有一点最重要的，要始终带着微笑面对花，花会回报你最美丽的一面。唯此，才能够育出世上最美丽的花，按照我所说的做，大家都可以酿造出一个春天。老人像是一个哲学家。

我明白其他花农种不出如此精巧的花的理由啦，大家缺乏微笑、感动和真诚，对人尚且有所保留，何况于一朵花？何况于时时如此，始终如一？

对每一朵花微笑，花会送给你一个姹紫嫣红的春天。

对每一个人微笑，你会收获一份感恩、信念和尊重，温暖一生。

没有时间了，赶紧去爱吧

同学聚会上，她是唯一没有涂脂抹粉的人，也只有她骑着自行车过来，模样朴素如初，黑黑的皮肤，叙述着年华早逝的消息。

其他同学，炫富的，介绍帅老公与情人的，谈结了几次婚的，比比皆是。唯有她依旧坚持着清纯与寒酸，与自己青梅竹马的男友相爱后结婚，十年时间过去了，仍然厮守着一份忠诚。

我们都不敢打扰她，生怕自己的语言稍有闪失，会伤害她的自尊。大家说累了，她便开始絮叨起来，才知道她的爱情底细与家庭变故。

双方家境都不好，结婚时欠了一些外债，还了几年，他们硬生生地在城市里租了房，然后双方的老人相继过世，他们那个时候每天走马灯似的在城市与乡村之间周旋，相隔两百多里地，简直忙得无法分身，添了双胞胎孩子后，更是忙碌纷纷。

这样的爱情故事本没有多少大惊小怪的因素，谁都一样嘛，都是从艰辛的年代过来的。

但接着她说道，我们奋斗了十年，依然买不起房子，我们不想当房奴，时至今日，我们仍然租房住，十年时间里，我们搬了七次家，哪儿便宜搬哪儿？

我们感到眼眶中有些濡湿，当初，他们恋爱时，大家都说他们命相不合，是受苦受累的命，如今应验了。

这样的生活有爱情存在吗？有个研究心理学的同学提出这个棘手的问题。

"爱，当然爱，为什么不爱？没有时间不爱呀？十年时间，如果再没有爱，我们的心灵支柱早就倒塌了。

"每天早早起床，为他和孩子们做饭，一刻也不得清闲，收拾好残羹剩饭，便到了上班时间，班中工作忙碌，其间忙里偷闲，在网上为孩子下载动画片与歌曲。

"中午要回家吃饭，他的胃不好，夏季午休长点，便不能午睡，冬季时，只有一个小时时间，为了让他听从医生的嘱托，我不得一路小跑着回家为他煲粥。

"晚上的时间更加充实，为孩子检查作业是必修课程，两个孩子，一人一个。孩子们睡着后，才是我们两个人的世界，洗衣服、整理孩子上学穿的衣服，将他的衣服熨好，叠放整齐；如果遇到他出差，便更是要抓紧时间了，通常是将衣服扔得满屋子都是，我的记性不好，只有这样做，才可以找到他需要的得体衣服。

"每月十日交房租、交水费，每月十五日交电费，二十日换煤气。

"如果遇到周日，我们会带着孩子们去外面踏青，或者是回老家一趟，看望家中剩下的亲戚朋友们。

"这便是我们的生活，在这样匆忙的生活中，我们没有时间拌嘴，更不敢轻易辜负对方的一丝一毫，因为一点一滴的背叛，都会被生命唾骂，我们不愿意做誓言的掘墓人。"

她一口气说完，中间没有停顿与难为情，只是惯势地拢了拢额头的长发。

我们情不自禁地鼓起掌来，她的电话却响了，是她的老公，带着两个孩子在外面等她回家。我们三十几个同学，排成长队，在门口送她，霓虹灯下，一个瘦长的男子，骑着自行车，冲着她招手，两个孩子疯狂地跑了过来，扑进她的怀里。他们像一只只美丽的蝴蝶，消失在城市的夜幕下。

　　没有时间不爱，这是对爱情的最美诠释，也是对生命最崇高的赞叹。他们没有过多的空间，更没有宽广的维度，但在有限的时间里，却一样可以让生活风生水起，让爱情甜蜜如饴。

　　有些情，不是缺少时间，只是缺少爱。

有幸，听到了花开的声音

我一直不相信植物开花的声音会被人类窃听入耳，平日里在书上看到的大多是美丽的谎言罢了，因为物欲横流，因为这世上缺少美丽。所以说，艺术家们总是在以另类的方式推销他们的美学观点。

花就摆在那儿，不怒不喜，不嗔不笑，它们是大自然最合理的艺术品。人有人言，花有花语，它们开自己的花，就像人类走自己的路，喝自己的酒，贪自己的钱一样，它们有自己的时间与规律。

但那一日，半夜里与儿子出行，在池塘边，当时万籁俱寂，周遭毫无声息，流水也停止了，因为池塘是一潭死水，心脏跳动的声音被隔离在肉体内部，一个人感觉不到另一个心跳的声音，儿子突然间怔了一下，转身问我道：我听到花"哔哔剥剥"的开放声了。

谎言。我扯了儿子一把，他是在向我的理论发起攻击，我刚想刺激他时，他却转身拉了我，在海棠花前驻足。

静下心来，停止呼吸，儿子提示我以这样的逻辑应对一朵花的盛开，我照做了。虽然心脏不好，虽然大汗淋漓，虽然头顶的繁花落尽，虽然有时候我对他吆五喝六，要求他照着我策划的路线前进，但现在，我宁愿相信身边另一个男子汉的教导。

果然有声音悄悄袭来，"咔嚓"一个声响，海棠花倏地开放的声音刺激着我多年的传统论点，儿子兴奋地冲着我点头示范着，好像自己俨然成了一朵快要开放的花儿。

花儿的开放不是持续的，它们兴许是害怕有人破坏它的生长意境，更或者是恐惧人类的东奔西走，而将自己的声音扔在九霄云外不闻不问，所以说，它动身躯时小心翼翼的，生怕有人打扰了它的好梦，它又产生了声响，我和儿子将它共鸣在心灵的最深处。

那夜，月朗星稀，我们两代人，共同倾听了一朵花忘情地开放，不需要掩饰，更不需粉墨，不是作家笔下的点滴，也不是艺术家心中的点缀，只是按照自己的时间，固定地开放，只不过，被两个平日里眼睛蒙尘的世人，偶尔发现罢了。

原来这世上果然有花开的声音，原来这世界上最单纯的美好被藏在自己的身边，花是世界的一颦一闹，是植物界最精彩的注脚，是风，是波，是月落，是虫笑。

像花开这样的美好原来无时无刻不存在于我们的身边，只是我们耳不聪目不明，心如沸水，如何能够理解万物苍生。

人在落难的时候，总会得到世界上最美丽的扶助，总会感觉到平日里难以察觉的温馨与爱，除了世人的怜悯外，我想蒙难之人大多充满了和善，善良也是会传染的，就像两个疲惫的人在月色中听到了花声，在灵魂里不经意间找到了天籁。

花开的声音，是世界上最美的疗伤药，是送给失恋人的补汤，是呈现给失败人的安慰剂。

爱默生说过，一个可以聆听鸟声的人，才真正拥有了这个世界。鸟叫、花语皆是大自然的优美馈赠，花语似乎比鸟叫更加低敛，悄无声息，似乎对人的毅力与品质是更深层次的考验，如果你没有低调，充满了杂念，不会有深夜时分去赶赴一场与花的经典约会，你更是无法得到与一朵花的芳香之吻。

有生之年，我听到了花开的声音，也让一朵花感触到了我的存在，我不是圣人，但也可以物我两忘了。

幸福，就是学会与阳光争宠

坐在天井当院里，为昨日的是与非耿耿于怀，为今日的否定与肯定而徘徊踌躇，望前尘路与事，皆一片茫然。

这是常有的事情，人生许多时光都是在无所适从中度过的，在左右起伏中，大好的青春年华易逝，不自信占据了人生的大半部分，有谁能够一辈子自信满满？

一束阳光移了过来，落在你的肩上，它毫无破绽地倾洒着自己的光辉，容不得任何杂质；你伸出手去，想挪走一片阳光，阳光不肯，你能够左右得了身边事与人，但左右不了阳光与时间。

阳光是世间最媚态的女子，它飘忽不定、摇曳尘世，速度极快，效率极高，眼光也高不可攀。你卸下铅华，抛掉琐事，忽然有个想法，想与一束阳光争宠。

争宠缘于忌妒、艳羡，毕竟不是凡物，相中了它的大公无私、无牵无挂，该来时刀光剑影，该走时尘埃落定，有光辉时便光芒万丈，休息时便沉沉睡去，将全部的地盘让给黑暗或者月光，要的就是这么执着、善变，知道避开该避开的，爱有时候便要见好就收。

你认真地审视镜子中的自己，圆圆的脸、俏皮的眉，不落纤尘，像莲像藕，出淤泥而不染，你为何被否定，为何阴影满身，原来全是自己的事情。

你跑出户外，站在阳光下面，没有窠臼地大声呼喊，这是与世俗抗争的信念，更是与阳光争宠的理由。

阳光无所顾忌，依然故我，这是一种个性，你没有，许多人都没有。

你开始罗列阳光所拥有的优势，首先想到了自信。

你擦去了眼角的泪水，尽情地笑，笑也属于阳光的一种，许多人不太会笑，笑是自信的代言人，不经历坎坷的笑，多么酸痛，你学会了笑，阳光不会。

阳光还有态度，一束阳光的态度十分明了，任凭岁月变迁，阳光依然是阳光，依然穿越重重迷雾，寻求真理；每个人都有态度，写在脸上，心里，用语言表达出来，用爱表达出来，你以前不会，现在懂了，你要做的，不是原地踏步。

阳光也是一种语言，是太阳的语言，说出去的话，斩钉截铁，说话算话；人有思想，比阳光灵活，人学会了随机应变，阳光不会，只知道施与他人，顾及他人，杀灭病菌，还世间一个清朗太平。

阳光更是一种爱的表达，刻意又如何？这世间有许多爱明明就是装出来的，但仍然可以感动红粉男女热泪盈眶，阳光也是，播撒万载，只不过为了博得你的红尘一笑，万千个你，竞相美言，就是一个春秋鼎盛。

你花了一个上午时光，与一束阳光争宠，你学会了阳光的优点，摒弃了不属于自己的谎言。

与一束阳光争宠，拼的是实力，它有的，你要学会，你有的，继续发扬；

与一束阳光争宠，在这个温暖的院落里，有一束阳光已经进入你的心房，从此以后，不管飞短流长，哪怕缠缠蜚语，你学会了像一束阳光一样地生长。

笑，就是你我的阳光。

瓦是手，雨是键

瓦向来头角峥嵘，在乡下，瓦是独占鳌头的弄潮儿，它通常以胜利者的姿态站立在檐头，居功自傲是它的本性，它不折不扣地绽放着它的芳姿，因此，若你在乡下某一处院子前，给你印象最深的莫过于屋顶的瓦了，各式各样的，或谦恭，或华丽，或古朴。

没有瓦的村庄不叫村庄。

瓦沿袭了千年，从未间断过华夏的文明，它承载着过多的文化与负荷，通常弯曲如韵、从善如流，它从一而终地折射着一种风尚，除了视觉享受外，从未向世人倾诉过内心深处的逻辑与感觉。

但雨却到来了，砸在心里，砸在瓦上，砸在千载的复苏上。

雨是世间的精灵，不请自来，古代没有准确的天气预报，所以说古人出门时，通常背负着沉重的包裹。人怕雨，雨也怕人，人怕雨溅湿了个人的生气与心事，雨怕人糟蹋了它们的苦心经营，一脚踩下去，有时候，便是一段文明的跌落。

瓦是雨的情人，最好的情人便是原配，雨没有原配，瓦填了房，幸运地越俎代庖，而我，则成了它们的拥趸。

肆意地打击，将瓦磨成了乐器，声音悦耳，爽心，但这是一种相对的概念，倘若你心事重重，这便是一种折磨人的凶器，将你的爱恨情愁统一砸成一片刀山火海；倘若你风光无限，儿子孝顺、父母健在，爱人对你的爱情也如小鸟依人般羞花闭月，雨与瓦的合奏便成了绝配，你听得如痴如醉，香眼迷离，听得让人想起了如烟往事，风烟俱静，爱意正浓，春花秋月。

雨不算是世间的常客，没有太阳那样得缠人，如果是在江南，在夏季，雨便战胜了瓦，但这通常只是一种暂时的忘却，瓦很快整好了属于自己的青天白日，雨走时，只留下一片片香吻在瓦的腮上，一梦千年，水滴石穿。

这样的好梦一直缠绕着少年的心事，让人醉生梦死，瓦与雨演绎着世间真情，从江南到塞北，从农村到城镇，瓦是雨的键，老天在弹，百姓在弹，弹兴衰成败，演世间万象。

世道安然，便是盛世；世道颓废，便由盛入衰。瓦知道这一点，瓦虽然不说话，但内心深处做事情，瓦将这样的经典与规律告诉了雨，瓦继续敲打琴键，瓦开始重新享受、承受或者忍受？

某一个黄昏，晚风习习，瓦一片片剥落，速度超过了雨的到来，雨再来时，看到一片片瓦沉浸在泥土里，雨从此后知道，在某个地方，雨从此失去了瓦，城市化的浪潮来袭，一幕幕，悲怆绝伦，世事悠然，天地悠然。

雨继续敲击着世间万物，雨通常适应能力极强，没有雨到达不了的地方，没有雨忘不了的往事，雨会忘了瓦，就像某个负心的人，始乱终弃，变化无常；瓦却没有忘记，就像某个痴心人，等到天地为自己不荒不老。

瓦是世间的玩物，最终像某片叶与花一样，掉落在人为控制的情怀里，就如孩子玩剩的玩具，再也找不到适合自己的用武之地，一枕黄粱。

在高楼林立的城市空间里，我到处寻找一片瓦的踪迹，瓦失了原色，披上华丽的外衣，富丽堂皇、倾国倾城却高高在上，我望不到它的面孔，然而雨知道，因为瓦是最接近雨的载体，古代是，现代依然。

只是觉得，再没有悠长的梦，沿着世袭的空间在一条小巷中响起，母唤乳归的声音无从谈起，何谈属于你我乃至整个民族的春秋大义？

泪眼蒙眬中，我看到自己变成了一片瓦，摇曳在城市的街头。

一个都不能少，就是福气

美国波特兰市，超级妈妈艾米丽虽然享受了政府的一些补贴，依然无法同时使六胞胎的女儿同时解决温饱问题，邻居们一直周济她，丈夫每日早出晚归，做工为孩子们获得面包与奶粉钱。

孩子们一天天长大，上学是个头等问题，但也是个棘手的难题，按照艾米丽的想法，她想同时将六个女儿送到一所学校去，但离家最近的学校也有十英里，如果让孩子住校，高额的学费与借宿费无法足额支付。

艾米丽在孩子们两岁时，走访了近处十余所学校，学校的领导们都十分同情她的遭遇，由于她是个"超级妈妈"，知名度远播，许多人愿意帮助孩子们解决住宿问题，离学校最近的一个家长听闻此事后，跑到艾米丽家里，邀请他们免费搬到自己家的房子里。

本来是件好事，但丈夫一句话提醒了艾米丽，泊奇说道：那儿不是我们的家。

是的，不是我们的家，总有一种寄人篱下的感觉。艾米丽流着眼泪婉拒了那位家长的好意，她下定决心，要每天护送女儿们上学，中午在学校吃一顿饭，早上七点送她们到学校去，下午五时左右接孩子们回家。

开始几天，丈夫与她同往，因为他们需要同时骑两辆车子，才勉强将孩子们驮到学校里，但丈夫需要工作，需要养家糊口，接送孩子的重任便落到艾米丽一人身上，艾米丽费尽周折。开始时，她想买一辆人力车，六个孩子坐在车上，但费用高昂，后来又想到了租用车子，但费用更是可观，于是，她想到了自制车子。

她小时候酷爱自行车，曾经将家里的自行车拆得七零八落，改制成一辆模样奇特的车子，她想骑着它驶过千家万巷，现在，这个想法重新弥漫心头。说到做到，她迅速在废品收购厂勉强得到了几辆破旧的三轮车，用了约莫一周时间，她制造出了世界上独一无二的母爱自行车。

自行车全长五米，前面是一辆三轮车，可以坐三个孩子，中间是一辆笨拙的自行车，后面可以坐一个孩子，还有两个孩子，坐到笨拙自行车后面的车箱里面，这简直是独一无二的设计理念，看起来不伦不类的，却简易可行，操作起来十分方便。

为了防备下雨，艾米丽为每个地方罩起了小帐篷，雨落下来时，孩子们欢呼雀跃着，手舞足蹈。

夏季来临时，经常发生暴雨，一个傍晚时分，她们行在半路上时，暴雨突至，艾米丽努力蹬着车子，并且提醒孩子们坐好坐稳，但洪水迅速地蔓延开来，车子受到了冲击力，被冲击得变了形，几个孩子吓哭了，有好几个落到了水中。

艾米丽拼了命地将四个孩子挪移至平安的地方，但仍然有两个孩子被困在一处台阶前，她叮嘱孩子们坚强些，在几个好心人的帮助下，孩子们终于转危为安。

一个都不能少。这是艾米丽告诉媒体的爱的宣言，不能让她们感觉到爱的缺失，曾经有人告诉过我，让三个孩子上学，三个留在家里接受简易的培训，我不会这样做的，她们有同等的机会接受教育。艾米丽脸上尽是微笑，一点儿也没有生活重压带给她的哀愁。

如今，艾米丽设计的自行车已经行驶了将近三年时间，在这说长不长、说短不短的三年时光里，她对孩子们的爱从未停歇，她设计的自行车也逐步改进，趋于合理、安全与时尚，经过改进的自行车，如今已经成为纽约街头的一道靓丽风景线，许多家长竞相模仿艾米丽这种爱的特殊表达方式。

《纽约时报》这样评论艾米丽领导的时尚：所有建立在爱的基础上的创意，一定会如春风般暖人。

并不需要华丽的表白，更无须瞠目结舌的做作，爱可以朴素如脚，平凡、勤劳、充满智慧，永无止境地坚持。因为一个都不能少，是对世间亲情的最好作答。

第五辑

幸福是不浪费，是适可而止

幸福不是简简单单的物质享乐，也不是男女私情，更不是单纯的暴珍天物，幸福也是一个度，需要刹车，犹如一辆车，忘乎所以时，应该知道及时回头。过分地享受，会乐极生悲，幸福是不浪费，是适可而止，穷奢极欲不是幸福的代言人。

我的才能，就是为了帮助别人

在脸谱网，桑德伯格号称"保姆"。CEO 扎克伯格毫不吝惜对她的称赞，"没有桑德伯格的'脸谱'将是不完整的"。

2007 年，扎克伯格在一次圣诞聚会上首次遇到桑德伯格。他走上前去作自我介绍，和她在门口一聊就是一个小时。当时，桑德伯格还是谷歌负责全球网络销售与运营的副总裁。3 个月后，她告别谷歌，加盟脸谱网当上了首席运营官。

到脸谱网上班的第一天，她走进办公室，打断数百名同事的工作，朗声说："大家好，我是谢丽尔·桑德伯格，我最大的才能是帮助别人进步。"她的坦率令所有人吃惊，才能不是体现在个人能力与智慧上，而是体现在帮助别人上，这种提法让脸谱的所有人耳目一新。

说到做到。

桑德伯格事无巨细，经常会组织各种各样的会议，而在所有会议中，大家最喜欢的则是她主导的个人提升会议，在会上，她会认真地告诉每个人：你的提升空间在什么地方？如何提升？还有哪些地方做得不到位？是否需要帮助等？

为了帮助员工们进步，她特意制定了许多行之有效的管理办法，比如说犯错误后的态度、行动以及纠正的方法，迟到旷工者如何得到温馨的惩罚，她告诉大家：让脸谱充满温暖，有一种回家的感觉。

有一名主管，业务能力强盛，但个人能力欠缺，根据公司相关管理制度，在年末，他有可能被辞退，桑德伯格与他热情地谈了话，两个人商讨了行之有效的提升办法，这名主管深受感动，将原本娱乐的时间牺牲掉，用以补偿个人能力的缺憾，年末时，他成功地留任主管职务，他对其他同事介绍道：我原本失望了，想破罐破摔，可是她的话语如春风一样温暖，让我不由自主地想努力。

身为女性，桑德伯格十分在意女性权利的正确发挥，在男性主导的硅谷，女性高管的身影寥寥；而在脸谱网、推特、谷歌，董事会中的女性成员几乎为零。桑德伯格说自己不是女权主义者，但她在身体力行地为女性争取更多的权利。

去年 12 月，桑德伯格在一次会议上发表了《女性高管为何少之又少》的演讲。她分析了产生这个问题的原因并提出了 3 点建议，包括提高女性在社会和家庭中的地位、工作报酬等。这段录像在网络上的点击率超过了 65 万次。

美国现任财政部长盖特纳日前表示，在美国债务上限问题解决后可能辞职。"谁会接替盖特纳"引起了热议，脸谱公司首席运营官谢丽尔·桑德伯格进入人们的视线，有望成为新一任财政部长的人选。美国知名科技博客"商业内幕"认为，和盖特纳不同，桑德伯格与华尔街保持了足够的距离，使得她能够更加独立地完成自己的工作，同时，她更有人情味道，而这种味道，正是冷若冰霜的美国经济所必需的元素。

百年孤独，也是一种至高无上的爱

阿拉卡塔是一座小镇，贫穷且凄凉，但风景秀丽，一个衣着破烂的少年，每天穿行在小镇前往郊区的路上。这儿经常下雨，路不好，几条诡异的枝条，伸展着自己的腰肢，好像一个个魔鬼滑稽的笑容。

少年每天在这样孤独的环境中度过。他年仅12岁，从小便对魔幻作品感兴趣。

少年每天去郊区，其实是有两件任务：一件是给身在煤窑的父亲送饭，一天三顿从不间断，否则自己的父亲便会遭受饥饿的威胁；在煤窑里工作，生命随时会有危险，因此，少年十分珍惜与父亲见面的时光，每次父亲总是三下五除二地将饭吃完；第二件事，是因为他喜欢上了镇上的一所学校，那是一所有钱人才可以上的学校，朗朗的读书声，在少年看来，是一部伟大的人间杰作。

每天为父亲送完饭回来的路上，他总会趴在墙外面，听里面的读书声，这声音简直是一种享受，无与伦比的美好音符。

终于，他下定了决心，决定潜伏到校园里，他找了一个绝佳的场所，那是一处矮木旁，正好可以看到老师的表情，还可以看到课堂上的黑板，无论从角度，还是从声音上来看，这儿绝对是一个好地方。但最大的遗憾便是，这儿有无数只蚊子，做好了随时进攻你的准备工作，它们对人类的鲜血兴趣盎然。

谁也不会想到，这个少年，竟然在这儿偷听了五年光阴。他学到了许多知识，每天回家后，他要为自己布置家庭作业，本子是捡来的，还有铅笔头，地面上，墙壁上，到处是孩子留下的手笔。母亲对他的做法感到怀疑，但只好听之任之，这样年纪的孩子，大多数早已经沦落为街头的乞丐了，少年能够如此听话，已经是一个好孩子了。

五年之后，少年被发现了，原因十分简单，这株矮小的灌木丛枯死了，而少年失去了可以依赖的道具。校长还有许多老师，对面前这个皮肤黝黑的孩子感到怀疑，五年时间，一直在这儿，孤独、惶恐，还有这么多可怕的动物，他是如此熬过来的。

校长要报案，说有人盗窃了这儿的知识。少年吓坏了，校长其实是想考验一下他，五年时间，你都学了哪些知识，现场进行了一次考试，这个叫马尔克斯的少年，竟然对课教堂上老师所讲的知识如数家珍，成绩排在全班第一名。

简直是不可思议的事情，这样的学子，即使再贫穷，也不能让他丧失受教育的机会。

校长破格让他进了学校，不需要缴纳任何学费。

他十分珍惜难得的机会，每天除了给父亲送饭外，需要跑步前进，因为他不想当全班的特殊者，迟到是一件十分可怕的事情。

加西亚·马尔克斯，拉美文坛最有实力的作家，《百年孤独》是作者一生的缩影，这部作品一经问世便畅销不衰，这也使马尔克斯一举获得了1982年的诺贝尔文学奖。

正是因为小时候的孤独，让他学会了思考，学会了忍受常人难以忍受的艰难；孤独也是一种爱呀，是对自己的关爱，对自己的肯定，也是一种执着的前进毅力。

孤并不可怕，独却是独一无二，学会了与自己对话，与灵魂对话，与未来对话。一个可以暂时忍受孤独的人，一定可以厚积薄发；一个可以一辈子忍受孤独的人，一定可以成为生活中的强者。

刁难只是困难的兄长

他是一个落魄的艺人，虽然没有到沦落街头的境地，但无人问津是他的生命常态。

能够进入文艺圈，当然他付出了许多心血，在街头卖过唱，在酒吧里迎过人的笑脸，更会在地铁站里兜售自己的青春。

文艺圈不好混，多劫难，进入后才知道光阴如此惨淡，生命并不如设想的那样顺风顺水。

有一次，演一个跑龙套的小角色，他竟然受尽了刁难。在整个演出现场，大腕如云，唯有他是弱不禁风的小配角。每个人都可以对他吆来喝去，导演的责骂、制片的恐吓，就连门口送盒饭的老师傅也对他横眉冷对，仿佛他成了世界上唯一的发泄桶。

受尽了刁难，他仍然没有得到承认，他没有关系，也没有天香国色，他有的只是一张平凡的脸，对人的微笑，以及满怀真诚的心灵。

他从小就有一个电影梦，虽然家境贫寒，但他却阅尽了世间电影，也曾经临摹过多种角色，希冀有一日，梦想成真。

他单独一人飘到了北方，是想圆自己的电影梦，但现实是方的，不是圆的，不是每一天，都可以将日子过成花好月圆。

232

他终于重新回到了地铁站里，他演话剧、独幕剧，地铁站就是自己的舞台。地铁站工作人员过来了，说这是噪声，进行驱逐；乞丐过来了，说他鸠占鹊巢；许多群众过来了，他们有的倾听，有的指指点点。

一夜白了少年头。他收拾自己的行李，准备返回故乡，既然梦无法圆，回到故乡也许是唯一退路，至少那儿还有疼他爱他的爹娘。

契机意外出现了，苦难的尽头是曙光。一个话剧导演意外发现了他，在他准备返回田园之际，敲开了他出租房的大门。

毕竟厚积薄发，一场演出下来，满堂喝彩，出名只是一瞬间的事情，声名鹊起，邀约不断。

获了大奖，主持人长裙飞舞地采访他的感受，他讲了自己的过往，声泪俱下，最后他总结了一句话："刁难只是困难的兄长，能够与刁难为伍，我就长了一辈。"幽默诙谐，雷鸣般的掌声飘过耳际。

困难是美元，困难挡了你的路，损了你的尊严。

刁难却是金银，刁难就像狱中生涯一样难挨。

刁难只是困难的一种，刁难是兄长，兄长就是老大，老大就是继承人，经历了刁难的人，必定会继承衣钵，成后成王。

在冬天，也会有芳香四溢

康斯坦丁是莫斯科中学二年级的一名学生，他平日里钟情于文艺，他在自己的作文中这样写道：我想当一名打动世界的演员。

因此，他平日里利用业余时间，广泛参与学校组织的各种文艺活动，并且在许多重大比赛中崭露头角。但他的做法，却遭到了自己母亲与俄语老师的极力反对，在他们的干涉下，康斯坦丁一度失去了许多参与重要文艺活动的机会。

康斯坦丁的确与众不同，他功课优秀，俄语、数学课程名列前茅，曾经代表莫斯科中学参加过全苏的比赛，并且取得了骄人的成绩。因此，家长与学校均认为：康斯坦丁作为一名优秀的学生，必须以学业为重。

康斯坦丁的出行受到了严格的限制，因为学校的各种活动，他不能参加，他曾经想过诉诸学校的上级领导，但却投诉无门。

康斯坦丁的性格出现了扭曲，长期的压抑迫使他选择了离家出走；这么优秀的一名学生，心灵却脆弱得要命，这是学校通知康斯坦丁母亲时的话语。

一周后，康斯坦丁在莫斯科郊区被发现了。这起事件，使得他的母亲与学校出现了妥协趋势，康斯坦丁如鱼得水地开始出现在学校的舞台上。

毕业那年，他参加了莫斯科市大型舞台剧比赛，比赛的胜出者，将可以获得总统的邀请出现在克里姆林宫，这是一次难得的机遇，康斯坦丁拥有以极大的热情与旺盛的斗志。

他是导演兼演员，在剧中，他饰演一朵梅花：寒冬开放的梅花，梅香千里，斗志昂扬，是这出舞台剧给观众的正能量。

但演出当天，参演人员中，竟然许多人得了流感，尽管采取了应急措施，但依然影响了参赛效果。只差了一点点，康斯坦丁没有获得晋级的机会。

这是他人生第一次打击，却是致命的，康斯坦丁第一次品尝了失败的滋味，他发誓，再也不会参加文娱活动。

康斯坦丁寒假时沉默了好长时间，他的许多好友前来找他，希望他振作起来，以正确的方式面对失败。

几个好友，在冬雪中前行。蓦地，一簇梅花，映现在眼帘，康斯坦丁与大家围着梅花，尽情地唱着歌，笑脸再一次出现在他的脸上。

梅花坚韧，骨骼坚硬，品质高尚，它从不向寒冷低头，而是香飘千里，它以自己独特的姿态面对着人生的冬天。康斯坦丁觉得自己就是一朵梅花，遇到人生的低谷在所难免，而选择迎难而上还是死亡，主动权却在自己。

康斯坦丁大学毕业后，到了俄罗斯第一频道工作，20 年时间，他从不懈怠，45 岁那年，他成为俄罗斯第一频道的总裁，且是历史上最年轻的总裁。

2012 年，他受到了俄罗斯总统普京的邀请，到克里姆林宫做客，席间，他接到了总统下达的命令：要求康斯坦丁导演索契冬奥会开幕式。

这是一次全新的时刻，康斯坦丁奋斗了两年时间，他带领他的团队，孜孜不倦、废寝忘食，终于，奉献给了全世界一场精彩迭出的开幕式。

2014 年 2 月 7 日，索契冬奥会开幕，18 个篇章，贯穿俄罗斯的历史，俄罗斯古典音乐绕梁三日，俄罗斯芭蕾舞栩栩如生，将人们带到如梦如幻的童话境界。

人生难免出现酷寒，生命或许会处于左右为难的荒原，总有一朵属于自己的花，在冬日凛冽开放，这就是你的生命花，高贵典雅，怒放千里。

投降的人

有时候，人需要向爱投降，别太执着、痴迷于情事，你的要求过大过细，连江河湖泊都满足不了你的要求，你苦苦相逼，两败俱伤，何苦于此？

心情决定感情，你一笑，便是心花怒放，你一怒，便是哭哭啼啼。

生活送给每个人的生活原本一样多，包括苦难，有些人将苦难夹在面包里，你看不见，不代表没经历，有些人生怕别人不知道自己有多苦？可怜也好，珍惜也罢，目标只有一个，就是前途似锦。

向生活投降，不代表妥协，生活原本庞大，你生平一介草民，如何经得起层出不穷的坎坷与奔波？你偶尔举起了白旗，生活就会将严酷的目标从你的身上转移出去，你变本加厉，便会满身是伤，生活可不是一个容易说服的家伙。

别总对自己要求太高，每天排满时间表，一刻也不清闲，总想着40岁以前出人头地，旺盛门庭，或者是找一个美娇娘，从此后过着太平的日子。

一桌盛大的酒席，在座者皆是名流，不肯服输，唇枪舌剑，话不投机，争论起来，国家形势，经济大局，等等，毫无生机，尴尬之际，那位半天没有说话的老总，也是本次饭局的发起人，说道："数我没出息了，其实，我最该向大家投降。"

如无穷无尽的烈焰里，突然间倒下了一盆清水，醍醐灌顶，酣畅淋漓。

那么大的一个人物，居然甘心情愿地说了认输的话，不是圆场，哪个人不是如此？你也有跑累了的时候，更有声泪俱下之时，更或者为了一碗饭，而囚禁于他人屋檐之下。

心太高了，面子便浮肿，你最该向一棵树学习，树立几十年，波澜不惊，再大的变故与我无关。

向生活投降，不意味着你不做，做了就有两种结果，一个是对，一个是错，如果不做，就满盘皆错，一个没有错误的人生，不算好人生，中规中矩、浅尝辄止可以让人裹足不前，没有哪个人的一生都是对的，伟人凡人皆是人。

你做了，就别后悔，你可以寻找高山名刹，拜佛求经，但决定你命运的仍然是自己，再多的旁观者，只是参考。

欲望风尘，一笑而过；

贪婪荣辱，一扫而过；

最好的享受，便是打扫干净自己的心海，听风掠过脚踝。

有一种幸福，叫慷慨解囊

一个年仅 13 岁的男孩子，利用暑假闲暇，在一家慈善拍卖行做义工。这儿是全法最大的一家慈善拍卖行，拍卖所得，将全部用于法国慈善事业。

男孩子的父亲是一位名不见经传的锯木厂老板，生意差强人意，但他对孩子的教育却是可圈可点，他绝不允许自己的孩子在外面胡作非为，因此，他安排了孩子的整个暑假，不让他在游乐场浪费时光。

小男孩长相俊美，由于工作踏实，兢兢业业，惹得这儿的每一位领导们十分欢喜，才半个月时间，经历了两场拍卖会后，他竟然如数家珍般地熟悉了整个流程。

在他快要结束暑假生涯时，他经历了一场拍卖会，这场拍卖会不仅让他的家族负债累累，而且改变了他的人生轨迹。

这场拍卖会为一位孤孤单单的母亲来筹办，她独自扶养了十余个弃儿，政府进行了干预，一位艺人捐赠了自己出道时的纪念品，拍卖所得将全部捐赠给她与孩子们。

但那天的拍卖现场却出奇地冷清，不知是宣传不力，还是担心所得是否会真正地用于这位母亲，拍卖会快要结束时，出价仍然保持在 50 万法郎。这是拍卖行成立以来最低价位的拍卖活动了，拍卖行的领导紧张得不得了，也许这会成为一件荒诞的事情，媒体一定会认为什么叫弥天大谎。

"100万法郎？"有一个稚嫩的童声打破了静寂，拍卖师额头的汗水落在桌子上面，拍卖槌不由自主地敲了下来。

成交者竟然是一个年仅13岁的孩子，他叫出的100万法郎让众人惊奇不已。兴许孩子没有做好思想准备，成交后，他试图逃离现场，但却被保安人员逮了个正着。

"这是个玩笑"，拍卖行总经理迪卡对孩子的表现十分不满意。

"他的父亲濒临破产，将孩子安排到我这儿打些零工，一个孩子的话怎么可信呢？虽然媒体直播了，又如何？童言无忌嘛？"迪卡不停地用手敲打着男孩子的脑门，心里面思忖着：不知轻重的家伙，100万，会让你父亲将整个锯木厂卖掉的。

"不，我是认真的，既然已经成交，就没有更改的道理，我会兑现承诺的。"小男孩的一席话惹来满堂喝彩。当天的晚报全程报道了他的英雄事迹，一时间，风起云涌，一个叫皮诺的不知天高地厚的家伙成为众人议论的焦点，他的壮举，使得他的父亲一夜之间失去了锯木厂，父亲并没有像往常一样责怪他，而在夸奖他敢于承担，媒体也评价他是个可塑之才。

由于需要还债，加上父亲对他抱有振兴家族的期望，因此，皮诺高中毕业后便踏入了创业者大军的行列，他先是子承父业，在锯木厂经营，接下来，他在自己岳父的帮助下，成立了一家贸易公司，再后来，收购奢侈品成为他的喜好，随着全球奢侈品市场的大爆发，他收藏的财富越来越多，摇身一变，在40岁那年，成为世界闻名的奢侈品大王。

皮诺，成为巨富后，业余爱好便是做慈善事业，10年时间，慈善大王的称号加冕于他。

2009 年，中国圆明园失窃的宝物兔首与鼠首在法国拍卖，引起了世界华人的谴责，拍卖活动失败后，皮诺从原文物持有人手中高价购得了两个兽首。2013 年 6 月，法国总统奥郎德高调访华，皮诺在总统访华期间，提出了将两件兽首归还中国的申请，2013 年 6 月 27 日，皮诺家族保存的圆明园鼠首、兔首顺利抵达北京。

皮诺曾经说过：慷慨并不是刻意炫耀自己，像爱需要表达一样，慷慨也是一种爱的表达方式。

你们可以带着孩子去上班

脸谱创业伊始，一度为人才接济不上而着急，于是总裁扎克伯格便让人力资源部对帕罗奥多附近的人才架构进行调查，调查结果却让脸谱高层大跌眼镜：帕罗奥多的高级人才中以女性居多，而之所以近期辞职过多或者应聘者减少，竟然与女性结婚生子有关系。

按照常理，一个公司无法左右这样的结果，只能让人力资源部在全美乃至全世界积极寻求人才这样一个策略而已，而扎克伯格却提出了一个让大家匪夷所思的难题：为何不能带着孩子来上班？

带着孩子上班，会分神，并且有安全隐患，这在全球工业企业中，都是大忌，再说这样的事情传扬出去，会让其他企业笑话脸谱。

人力资源部经理为此事一筹莫展，他设计了无数个方案，都被自己一一否定了，直至一周后，扎克伯格要知道结果时，他依然无计可施。

扎克伯格刚吃完早餐，一脸的笑容，当他知道此事毫无进展时，他并没有怪罪他，而是将一张纸放在人力资源部经理面前，上面赫然写着：免费办一所学校。

这需要多大的投资？每月的工资费用，包括可怕的房屋折旧，等等。

但扎克伯格不听他们的解释，要求于三个月内，建成帕罗奥多第一所商业配套幼儿园。

与此同时，招人方案下发到电视台、报纸及网络上：脸谱公司允许女性带孩子上班，脸谱有专业的幼儿园，这儿免费为孩子们提供教育服务。

一时间，应聘者如云，不仅女性前来，一些在家中带孩子的男性也趋之若鹜，脸谱于一月内便解决了人才难题。幼儿园内也热闹非凡，孩子们于早上上班前被送至幼儿园内，下班时，宝宝们会安然坐在妈妈的副驾上。

"这儿简直就像自己的家，温馨安全，尤其是宝宝们特别喜爱，我两个孩子，全在幼儿园里，没了后顾之忧，工作起来得心应手，半年时间，我便成了企划部的高级主管。"一名叫塔里吉的妇女对媒体这样宣传，她由衷赞叹扎克伯格的大手笔。

"在这儿，孩子们可以随便哭闹，扎克伯格先生偶尔也会过来，他十分爱孩子们，听说他的女友已经承诺马上给他生一个小宝贝。"幼儿园的园长脸上带着微笑。

一位从纽约专程过来上班的妇女，不仅带来了自己刚刚出生的宝贝，同时，她还劝说自己的丈夫来帕罗奥多工作，她在给丈夫的邮件中这样写道，我现在明白脸谱可以成功的原因了，不断地创新，打破禁忌，解决你的后顾之忧，这样的灵光，促使着脸谱安然渡过任何困难。我以自己可以成为一名脸谱的员工为荣。

为幸福，准备一段试用期吧

我和一帮刚出校门的大学生们一起，挤入一家小型奶制品公司。实习期要写毕业论文，新鲜劲头没有过去，有些人是靠家里人养着，无所谓的态度，不过是将实习期作为一个跳板罢了。

我天生不服输，无奈身体瘦弱，弱不禁风的样子，经常成为工友们的嘲笑对象。比如说卸一套模具，人家是三下五除二，而笨手笨脚的我，无论如何也找不到窍门，有时候搞得满脸污泥。有一次恰巧公司老总下车间，看到了疲惫不堪的我，一笑置之。

想留下来，是不可能了，因为我给老总留下了不好的印象，想到了家境的寒酸，想到了自己瘦弱的身躯，我有一阵子落落寡合。

于是，在别人睡觉的时候，我想到了如何提高自己？并不是刻意要留下来，有时候，尊严无价，我也是要脸面的人。

模具成型车间，我总是干到只剩下我一个人，同学们说我傻了，实习期，何苦呢？不需要这样吧，一家私企，做得再好，靠的也是裙带关系。

我置若罔闻，为了证明自己，不单为了那单薄的实习期工资。

有好几次，公司值夜班的人都发现了我，这件事情竟然惊动了总经理，在一次晚上十一时许，总经理值夜班时，为我送来了夜宵，我感动非常。

半年实习期结束，我的成绩最为优异，不仅如此，我还赢得了人生第一桶金，在实习的 30 个大学生中，我是唯一一个获得年底奖金的实习生，公司总经理与学校联系，要求我留下来。

而我却拒绝了，本来就不是看中了这样一个小厂。公司总经理宴请了我，他给我留下了他的电话，说毕业后，如果想来，随时欢迎。

毕业那年，我留在了市里。我打过零工，也做过销售，曾经有好几次晕倒在工作台前，我为了自己的身体，调养了一年多时间。在这期间，我密切关注着行业动态，在网上我找到了一份收入可观的工作，勉强可以糊口。

病好后，继续做销售。我所卖的产品竟然要销售到那家奶制厂，那边的采购员认识我，马不停蹄地与他们的总经理通电话，那边放话过来：凡是我销售的产品，有多少要多少。

采购员说道："总经理相信你的人品，你销售的产品，质量与信誉不会有问题。"

半年时间后，这家企业的质量出现了严重问题，我主动找到奶制厂，要求停掉所有的产品，同事们说我疯了，我说我要对客户负责，对安全负责。

我愤然离职。

就在我打点行装，准备回老家时，竟然接到了奶制厂老总的电话："孩子，别乱跑了，我公司扩大了业务，销售副总的职位给你留着呢。"电话未挂，我便潸然泪下。

总经理在任命大会上讲道："在实习期，我便相中了他；后来，他主动提出销售的奶源有质量问题，这样的人，绝对值得信任。"

我庆幸自己在实习期，便找到了人生的方向，试用期是人生成功的卷首，也是上帝锤炼你的品质、意志的开始。

自暴自弃

一个生来家境好的孩子，用顺风顺水来形容他的成长，一点儿也不过分。路是父亲铺好的，钱财自不必拘谨，享了福，少了难。

许多学子们羡慕得不得了，而唯有一个人，却对此郁郁不安。

是他的母亲，母亲生在困难家庭，小时候风餐露宿惯了，对父亲为他安排好的道路抱有意见，但每每决定不了局势。

15 岁那年，孩子参加作文比赛，一贯强势的他自然不会放过这个证明自己能力的绝佳机会，但作文并不是他的强项，因此，他事先恶补阅读。不仅如此，母亲得知了一个可怕的消息：孩子意外买到了这次考试的作文题目。

这简直是不可饶恕的，对人对己都是一种伤害。

母亲没有与父亲商量，而是独自一个人去了学校里，她受到了优待，因为她的丈夫，向学校捐了钱。

作文比赛那天，人山人海，由于是每年一次的作文大赛，获得前三名者，将会得到参加市作文比赛的机会，因此，所有的学子都十分重视。

孩子并没有得到事先准备好的作文题目，他大吃一惊，那次考试，他败北了。

头一次失败，对于一个年轻的孩子来说，简直是无情的。请了假，休了学，生了病，躲在家里面垂头丧气，每一个孩子都会有过这样一个自暴自弃的过程。

父亲请了假，过来陪他，唯有母亲，淡然处之，仿佛这一切都在情理之中，再自然不过了。

挣扎，拼命写日记，孩子不吃饭，几乎所有的亲戚们全出动了，父亲与母亲理论："你根本不顾孩子的安危。"

母亲回道："你们可以左右他的将来吗？一点点小小的失败，我相信动摇不了军心，孩子会适应过来的。"

一席话，满座皆惊。

果然如此，一周之后，孩子高高兴兴上学了，脸上多了些成熟，原来的青涩与稚嫩消失了许多，遇到学习不好的学生，也会主动打招呼了，也学会了虚心向人请教难题。

每个人都有自己的长处与短处，你不可能得到上天的所有眷顾，因此，你的窗户需要打开，让别人的春风走进来，你的门也需要打开，迎来客往才是人生的常态。

孩子18岁那年，参加高考，平时考试成绩很好的他，意外折戟。这一次打击简直是致命的，孩子痛哭流涕，那么多学习不如自己的同学们，纷纷考上了重点大学，而唯有自己跌进河里，一蹶不振。当时，孩子的父亲，由于生意失败，门可罗雀，他们早已经失去了可以炫耀的资本。

孩子的父亲不知道如何劝慰？而他的母亲，则为他讲了一个故事：

五年前，一个孩子参加作文比赛，因为他事先得到了作文题目，但他参加考试时，却发现作文题目换了，这个孩子不知道这是为什么？其实，这是他的母亲，到了学校，告诉了校长，校长大怒之下，不仅惩罚了相关责任人，而且换了作文题目。

看似恶作剧，孩子沉沦了一段时间，自暴自弃，痛不欲生，但正是那段难得的经历，让他学会了坚强，人生无处不受伤，如果一个孩子，不学会养伤、疗伤，他如何面对凌厉的风和雨。

孩子释然了，自暴自弃并不是绝对的坏，任何事情都有其正确的一面，郁闷是为了更好地爆发，那些能够在自暴自弃的基础上奋勇当先的孩子，才是雄鹰、沧海，才是风华正茂。

送你一个自暴自弃的过程，不是伤害，是锻炼，就像天空送了世界风，自然送了生命雨，多姿多彩、意趣盎然，没有失败的人生不叫人生。

开一门叫作"友情"的必修课

荷兰首都阿姆斯特丹市，时间是 2010 年，当地一所中学发生了一起骇人听闻的仇杀事件：一个年仅 14 岁的男孩子，在放学的路上，将一个女生杀死后逃之天天。警方迅速介入了调查，一周后，在阿姆斯特丹市郊的一条河中，发现了男孩子的尸首，他死于畏罪自杀。

这起事件的原因十分简单，这名女生是班里的优秀学生，却一直趾高气扬，在班里俨然就是一名高傲的公主，目中无人；而这名性格内向的男生，学习不好，一直希望着提高自己的学习成绩，因此，他向这名女生请教，而女生却出言不逊，当着众人的面，将男生骂得体无完肤，男生忍无可忍，在沉默了两天后，终于在半路上截住了女孩子，他想要个说法，但女孩子就是不依不饶，唇枪舌剑，男孩子失手杀害了女孩子。

这起事件，在全社会引起了波澜，如何引导学生们的情绪，如何处理男女生之间的友情，迫在眉睫。

该所中学，一名叫波特的中学生，写了一封倡议书：要求每个在校的学生要珍爱自己与他人的生命。同时，他提出了开办"友情"课的倡议，他认为：友情如金似银，但处理不好，便可以变成一种诱惑甚至于伤害，他要求政府、议会确立相关教材，并且能够将此列为必修课程。

这则倡议被刊登在《阿姆斯特丹时报》上，一时间，引起了巨大的讨论，整个荷兰都在讨论这起事件所造成的负面影响。

波特的倡议书被荷兰国会立了项，要求议员们投票选举，但遗憾的是，2010年圣诞节前夕，这个提案被无限制拖延，理由十分简单：是否有这个必要性？

2011年春天，姹紫嫣红的大街上，孤独的波特举着倡议书，在政府门前示威，没有人支持他，许多学生家长也认为这样的课程是小题大做，在全世界，根本没有哪一所学校专门开设这样的课程。

波特并没有因此停下脚步，他回到学校后，联合了自己的一些好友，约定于3月7日举行一场游行活动，如果政府不给他们一个说法，他们会将游行进行到底。

当日，游行活动发展成了声势浩大的示威活动，许多知道情况的家长们、学子们纷纷加盟，大家一致要求开设一门叫"友情"的课程，呼吁全社会关注中学生，因为他们是国家的明天。

2012年10月，经过长达一年时间的质询，荷兰终于通过了在全国中学生中开设"友情"课程的硬性规定，要求全国的中学生必须增设"友情"课，很快便启动了编制教材的方案，波特荣幸地被列入了编审名单。

2013年7月，"友情"教材正式发布实行，打开教材的扉页，便会看到一个男生与一个女生握手的图画，下面一行大字："关爱自己，关怀他人，关注友情"。

是啊，友情是人世间最珍贵也最容易消逝的情感，在学校生涯中，友情是金银财宝，是千金买不来的爱与财富，其实，我们每所学校都缺少一门叫"情感"的课，它是人生的必修课程。

一万次的单调，才可以直达骄傲

3岁的小女孩，光着脚丫，一声不响地站在地板上，对正在舞蹈的姨妈杨丽萍顶礼膜拜。与生俱来的艺术细胞，让她对舞蹈产生了浓厚的兴趣，但母亲却对她说道："姨妈跳舞很专注的，你这样会打扰她。"但小女孩就是不依不饶，每天深夜，她总会悄悄地从被窝里爬出来，躲在姨妈的屋门口揣摩。

"我不回大理了，我要留在北京，我要看姨妈跳舞，我要学会舞蹈，当一个舞蹈家。"小女孩这样对母亲说道，旁边的姨妈也哑然失笑。

谁都知道杨丽萍的舞蹈美得摄人魂魄，但她们没想到，3岁还不到的小女孩也能被吸引得心醉神迷，莫非这孩子身上因为有着与姨妈一样的血缘，也就有了与她一样的灵性？孩子的执着感动了姨妈。她说："来，你也跳一段让姨妈看看。"

小女孩毫不怯场地来了一段难度不低的旋转。杨丽萍赞叹不已，惊奇地对妹妹说："这孩子，简直比我当年还厉害！你看她转起来，就像一面迎风飘扬的小彩旗……"因为这句话，小女孩有了一个靓丽的名字"小彩旗"。

每晚只要杨丽萍的舞蹈在二楼一开始，小彩旗必定悄然而至，坐在楼梯口看得痴迷，脖子伸得长长的，像一只小鹅。

杨丽萍出外时，小彩旗就坐在门口等她。等到杨丽萍回来，她就成了姨妈的"小尾巴"。杨丽萍对大自然有着异乎寻常的热爱，清晨起床会漫步在果林和花园中，看晶莹的露珠在草尖颤动，观察花儿开放、蝴蝶飞舞，听各种鸟儿在林间啼鸣，捕捉风吹过树梢时发出的美妙声音……小彩旗也跟着陶醉其中：顺着姨妈的眼光看到的这个世界，是那么奇妙、那么美好！

杨丽萍被孩子的执着打动了，只好劝妹妹不要强行打压，免得适得其反。得到姨妈的默许，小彩旗不用再偷偷看姨妈跳舞了，每次都能正大光明地静立一旁，敛气屏声地观察姨妈创作。杨丽萍跳舞时专注忘情，有一次她连续跳了五六个小时，结果小彩旗就伫立一旁看了五六个小时，像一个漂亮的小雕塑。

终于有一天，杨丽萍开始教小彩旗身段和眼神。跟着姨妈一学就是两年，小彩旗的舞姿越来越娴熟，开始渴望一试身手。

这年，杨丽萍倾心打造了大型原生态歌舞《云南映象》。小彩旗也想上台参演。随姨妈回云南采风时，她在菩提树前双手合十许愿，还买了许愿灯。"姨妈，想不想知道我许的是什么愿？"小彩旗神秘地对姨妈说。杨丽萍笑了："向神许的愿是不能跟人说的，你告诉我就不灵了！"小彩旗认真地说："可这个愿望神帮不了我，只有告诉你才灵验呢。"

听了外甥女的愿望，杨丽萍犯难了：她很理解小彩旗对舞台的渴望，也相信小彩旗的能力，但此时的小彩旗刚4岁，这么小该不该让她登台演出？杨丽萍和妹妹商量，让妹妹做决定。杨丽梅一听，头摇得像拨浪鼓，着急地说："她那么小，万一在舞台上失控，把演出弄砸了怎么办？那不是给你添乱嘛。"回过头，她坚决拒绝了女儿的请求。小彩旗软磨硬泡，希望妈妈为她开绿灯。缠得妈妈没办法，索性一个人躲回云南画画去了。她希望用时间来瓦解女儿的决心。聪明的小彩旗知道妈妈心里想什么。她也故意不理妈妈，母女俩开始冷战。结果杨丽梅在画室里心神不定，矛盾挣扎了一个月，终于向爱女妥协。

《云南映象》开始在全国巡演，小彩旗如愿登上了舞台。

强烈的舞台灯光让她眼前漆黑一片，根本看不到观众。震耳欲聋的音乐响起，杨丽萍姐妹俩不由得为她捏了一把汗。谁知小彩旗不仅不怯场，而且舞台表现力超强。《云南映象》全国演出多达100多场，很多成年演员都吃不消，她却像一只不知疲倦的小陀螺，一场一场地旋转出惊人的美丽……

2014年中国中央电视台马年春节联欢晚会，在现场数千观众和电视机前数亿观众见证下，小彩旗持续旋转了4个多小时，成为央视马年春晚的热议话题，被网友戏称为"春晚小陀螺"。

一万小时理论已不新鲜，然而没有什么繁华不是经过荒凉培育的，就如同没有什么人能不经过单调的付出，直抵骄傲。滚烫岩浆在地底百万年的暗涌，才能在某天喷薄而出，厚积薄发的道理谁都懂，然而并非所有人都能忍受那一万次重复的劳作。小彩旗在春晚不停旋转4个小时，数万个旋转，成就了她非常人所能抵达的骄傲。

幸福是不浪费，是适可而止

德国亚琛市，刚刚毕业的大学生卡马斯为生计而烦恼。受金融危机影响，德国经济停滞不前，失业率高升，大学生就业前景堪忧。卡马斯为了谋生，不得已的情况下，到一家酒店当服务生，虽然工资不高，但最起码可以解决吃饭的问题。

半年的时间里，卡马斯发现一个致命的隐患：客人所点的饭菜浪费严重，许多剩菜剩饭被当作泔水拉走。甚至有一次宴请时，一桌子饭菜，只动了几口便被可惜地扔掉。

卡马斯利用业余时间，开始收集客人浪费的粮食，开始时是出于好奇，将浪费的粮食布满了自己的房子，时间久后变馊变臭，一屋子的难闻味道。

卡马斯准备重新择业，他辞掉了服务员工作，开始经商，但由于不懂经商之道，他亏得一塌糊涂。

与同学们参观海洋馆，各种珍奇动物吸引着众人的眼球，卡马斯突然间灵机顿生：如果为浪费的粮食建一座博物馆，不仅别具匠心，可以吸引游客，更可以呼唤人们节约粮食。

但剩饭剩菜的保存是个大难题，卡马斯租用了一家旧货商店，购进了冷柜，每种粮食建立一个小型的橱窗，浪费的粮食锁定在冷柜中，再加上黄绒色的背景，再用简单明了的文字进行说明。

颇具规模后，卡马斯与一帮同学们开始应聘到各种酒店当服务员，只消半年时间，他们便收集了几千种各式各样的被浪费掉的粮食，琳琅满目地摆满了橱窗里。

头一拨游客光临后，产生了疑问，这些被浪费掉的粮食是否真实？是否是刻意所为？为何不在说明中加注这笔粮食被发现的时间、地点与人物呢？

时间地点档案中就有，但关于是否加注人物的问题，是个棘手的难题，涉及个人隐私，包括可能会受到威胁与报复。

考虑再三后，卡马斯去掉了人物这个要素。

2012 年 3 月，博物馆第一次全面向游客开放，由于事前媒体的多加炒作，开放第一天便宾客迎门，博物馆接纳了至少 2000 游人。

2012 年 10 月，博物馆进行了扩容，二楼也被卡马斯租借下来，重新进行了装饰后，向游客开放。

博物馆的开放，在整个亚琛市引起了一场强烈的地震，舆论哗然，全市掀起了一场声势浩大的讨论，浪费粮食可耻已经成为一条深入人心的准则。

只需要 30 欧元，便可以步入宽敞明亮的博物馆中，每一次多余的消费都是一次铁的印证，每一个橱窗里都躺着一份静静的生命，它们似乎在向世人控诉。

卡马斯现在已经成为这家博物馆的馆长了，他手下有一大批的年轻人，免费宣传节约意识，博物馆会在节日期间免费向学生与达官贵人们开放。

我们扔掉的粮食也可以建一座博物馆，卡马斯眼光独到地抓住了这个空白的契机，不仅赢得了良好的口碑，同时也获得了一份收入可观的工作。